在十二月点燃大雪

赵彦之 著

湖南文艺出版社
HUNAN LITERATURE AND ART PUBLISHING HOUSE

博集天卷
CS-BOOKY

·长沙·

图书在版编目（CIP）数据

在十二月点燃大雪 / 赵彦之著 . -- 长沙：湖南文艺出版社，2025.7. -- ISBN 978-7-5726-2439-1

I. I247.7

中国国家版本馆 CIP 数据核字第 2025Z8Y165 号

上架建议：畅销·小说

ZAI SHI'ERYUE DIANRAN DAXUE

在十二月点燃大雪

著　　者：	赵彦之
出 版 人：	陈新文
责任编辑：	张　璐
监　　制：	邢越超
出 品 人：	周行文　陶　翠　何　遥
特约策划：	王　维
特约编辑：	彭诗雨
营销支持：	文刀刀
封面设计：	胡崇峯
内文排版：	百朗文化
出　　版：	湖南文艺出版社
	（长沙市雨花区东二环一段 508 号　邮编：410014）
网　　址：	www.hnwy.net
印　　刷：	天津盛辉印刷有限公司
经　　销：	新华书店
开　　本：	875 mm×1230 mm　1/32
字　　数：	175 千字
印　　张：	7.5
版　　次：	2025 年 7 月第 1 版
印　　次：	2025 年 7 月第 1 次印刷
书　　号：	ISBN 978-7-5726-2439-1
定　　价：	48.00 元

若有质量问题，请致电质量监督电话：010-59096394

团购电话：010-59320018

目 录 Contents

冻土冰鱼

冻土冰鱼

> 你有没有想过，
>
> 我们都是被冻在冰层里的鱼，
>
> 等待某天，
>
> 春风起，
>
> 冰消融，
>
> 顺水而流。

引　子

余然的尸体被几个在冰封的浑河上钻洞捞鱼的老男人发现，这天是 2012 年 12 月 25 日，圣诞节。老男人不过洋节，街上张灯结彩跟他们没关系，灯和彩都要钱，他们都是十几年前下岗的那一拨，靠着一点退休金勉强混日子。家中大多有个顶门立户的女人，操持老小吃喝，为上一辈送终，为下一辈谋前程。女人们明说不指望他们还能出多大力，只要他们别招灾惹祸就好。自然钱也是看管得严丝合缝的，只够他们买最便宜的烟，凑到一处喝最损的酒——一包花生米配一瓶老白干。所以他们捞鱼。捞鱼也不是为了吃或卖，只是捞鱼不需要钱，工具都可以自备，到底是厂里退下来的，车工、木工、电工，谁还没点手艺？旧电池、废钻头，加上点电线，三两下便成了，足够他们消磨时间。

他们先是看见一个模糊的人形，在惊愕和一点说不清楚来由的惊喜后，先用脚然后用手扫开冰面上的浮雪、尘埃、枯叶，他们其中的某个几乎把脸贴在了冰面上，然后抬起头说，是个姑娘！声音过于振奋，不符合冰天雪地萧索的调性，在冷空气里回荡。他们都把脸贴近了，这很不容易，因为都穿着厚重的棉衣，腰椎后背也都有过不同程度的损伤，这是常年在工厂打拼后留下的痕迹，是青春热血的见证。为了能更近些，他们为各自的老腰打气，直到他们看得清姑娘穿着红色大衣、黑色短裙和黑长靴，大衣敞开着，像鱼长了翅膀。昨夜那场寒流来得真好，不然冰下的人怎会如此生动？他们忽然屏住了呼吸，像是怕惊扰了什么。又瞬间觉得自己和旁人可笑，于是爆发出粗鲁的叫喊，叫人，报警。谁家的丫头？他们问着，心中已经浮现了判断——这种打扮是阳城夜晚的时髦，当然，如果出门足够早，也能看到。不过看的时候目光要尽量轻，不经意地一瞥就好。不能盯着看，除非他们也宿醉了，不怕招惹麻烦。现在好了，想怎么看就怎么看，冰下的死人不会反抗，恐怕活着的时候也不会为此反抗。他们压着见不得人的暗笑，又不怕被人看出努力，他们太过熟悉，可以漠视彼此某种程度的笑话和非议。他们腰弯的幅度让自己震惊和自豪，老当益壮，老骥伏枥——他们好像看到了这样的横幅贴在冰底。他们让眼睛吃饱，心里也熨帖了，还打算在过后的酒桌上好好吹嘘一番。

有人使劲揉眼睛，闭上又睁开，然后和冰面下的余然对视。余然的目光被冻结，眼神固执清冷，破冰而出。他们还从不同角度往下看，一只手背过去轻轻捶打老腰，嘴里发出轻叹，或赞，或憾，最后直起身彼此对视。有人说，怎么长了一双鱼眼睛？他们都看过很多鱼眼睛，活的、濒死的、死透的，冰下的人眼介于这三者之间。有人明白过来，不是她长了双鱼眼睛，是人死了之后眼睛变成了鱼眼睛——死鱼眼。冷风呼啸，枯叶灰尘席卷重来，人们归于沉默。

很快警察站满了冰面，很快冰层破开，很快河边的人们口口相传，很快阳城里很多人都知道有个姑娘死了，知道死了的姑娘叫余然，知道余然在北国之星做公关。很多人对此好奇，但不关心，这事起码不会真的影响到他们买菜上班接送孩子。这些琐碎事，却很重要，是生活的基石，很多人的生活有且仅有基石。好吧，总要承认，2012年的阳城虽然已经走过了下岗潮带来的破败烦乱，市面街道日趋繁荣安定，可在人们的记忆里、酒桌上，刨锛儿强抢杀人还是前一阵的事。这种事听多说多见多了，能如何呢？总有人去管，总不该是他们。他们要操心柴米油盐、老人身体、孩子成绩。他们很忙，拼尽全力地忙。他们确定这件事会和其他事情一样很快烟消云散。

阳城不缺新闻，死个把人真不算什么，哪怕死的是一个漂亮又年轻的姑娘，又怎么样？死都死了。

很快，警察在余然的口袋里翻出一封信，准确地说是遗书。余然身上没有伤痕，口袋里的钱和脖子上的金项链都在。很快，警察得出结论，余然死于自杀。

我累了，尽力了。来这人间走了一趟，我讨厌这里。如果还有来世，我再也不愿做人。就这样。余然。

张雪虹

1

张雪虹被叫成虹姐的时间不长，准确地说是从 2012 年 10 月 18 日开始的，这天她四十岁。这天她在长白二街的烤肉店开张了。在那之前，张雪虹也不是张雪虹，她是李刚的媳妇，李佳佳的妈，家里头操持，出了门给足老公面子。她是西塔卖辣白菜的大姐，嘴一份手一份，给客人多饶一卷小葱，留下整个市场最多的回头客。在更早以前，她是老张家小老丫，懂事，孝顺，从来不跟爹妈顶嘴。简单来说，是别人家老婆，别人家服务员，别人家孩子。在包括阳城在内的绝大多数地方，这应该算是最高层级的褒奖。

现在她是烤肉店的老板娘。店面不大不小，摆了十张桌，隔出两个包间，白铁皮烟道横平竖直悬挂在头顶，发出喧嚣的轰鸣，墙上贴着比年画还大的菜单，主打牛五花牛上脑牛胸口，价格低廉到让人怀疑老板是赔本赚吆喝。要的就是这个效果。阳城土著肚子大钱包瘪，想生存谋发展，第一步只能是薄利多销。肉上减下来，小菜酒水主食上找补回来，总不会真的做赔本生意。大家都懂，装不懂，稀里糊涂嘻嘻哈哈，日子才能混下去。

张雪虹站在店门口，眼里一会儿是墨绿的浑河水，一会儿是硕大的开业花篮，一会儿是老公李刚汗津津的胖脸。李刚从前年开始发福，裤腰每年都要长两寸，干脆放弃皮带只穿松紧带运动裤，结果越发放肆加放纵。张雪虹曾劝他减肥，避免患上高血压或者糖尿病。李刚嘴上答应，行动如故，米饭、红烧肉、啤酒照样吃喝。张雪虹也只能接受了，不然呢，为了口吃食拌嘴？又想，除了这点口腹之欲，他真的也没别的乐子了。李刚要张雪虹赶紧去给包间里的贵宾们敬酒。这事他不行，得她出面。话说出来是：你的店，你是老板，你不去谁去？李刚觉得理所当然，张雪虹也觉得理所当然。

将转未转的身子，目光掉转了一半，一只手从背后盲区处伸出来，挽进张雪虹的臂弯。

"姨，开业大吉！"

张雪虹不用回头便知道是余然，这世界上能把"姨"字叫得百转千回的没几个，能管她叫姨的更少。

张雪虹看了一眼李刚，他胖脸上的眉毛皱了一下，嘴角倒是往开处咧，似哭似笑的鬼样子。没办法，李刚看见余然总是这副鬼样子，表明了自家不欢迎的立场，还勉为其难地照顾着张雪虹的面子和情绪。今儿开张，出于吉利和兆头的考虑，张雪虹绝对不想找任何不痛快，当然也不想让李刚不痛快。两口子在一处十来年，张雪虹知道起码在不痛快这种事上他俩绝对是两位一体的。

于是自觉不动声色地抽出胳膊，自觉得体地后退了半步，自觉关心地问："不是说要去上班？"

余然绝对是有些失望，给人惊喜最怕的就是人不接着，热脸最怕遇上冷屁股。余然的笑容就减了几分，但不耽误她好看，她站在烤肉店门口，顶着残存的斜阳余晖，用稍息的方式展现两条大长腿，白细直，像活招牌一样吸引了几个眼珠黏上的男人走进店里，谁都能看出他们原本没打算吃烤肉。

"上班啊，怎么不上班？上班才有钱赚，正好顺路，过来看看，走啦。"余然话还没说完，人已经转身，胳膊举起来，不经意地挥了一下，像是要抓回被击碎的那点自尊。张雪虹知道她那些不动声色把人伤着了。不过没关系，活到这把年纪，早知道伤人和被伤是常态，谁也不会真的往心里去，走两步拐个弯，都能自愈，不妨碍正经事。

成年人就一件正经事：赚钱。开店为赚钱，赚钱为养家，养大女儿，女儿大了好继续赚钱。

张雪虹走进包间前已经换好了情绪，推开门，烟味、酒味、烧烤特有的肉香扑面而来，她先抓起分酒器，给每个叫得出叫不出名字的人倒酒，一律称为领导。领导多关照，领导多包涵，领导多捧场。领导大驾光临，小店蓬荜生辉。众多领导的目光落在张雪虹凹凸有致的身体上，他们的目光穿透鼻梁上的玻璃镜片，穿透牛仔裤粗粝的面料，在张雪虹修长的腿上游走。他们故意不去注意张雪虹姣好的容貌和眼角浅浅的一颗泪痣，他们在私下里认定这是女子风骚的凭证。他们用这种闪躲来证明自己的礼貌和素质，证明自己的行为符合他们体面的身份与职务。但他们用垂下的目光交换惊诧，这样的女人怎么会是那个矮胖出租车司机的老婆？真是赖汉娶花枝，真是一朵鲜花插在了牛粪上。张雪虹不用抬眼也能把这些腹诽尽收眼里，她把每一个杯子都倒满了酒，她感觉自己在众多隐晦的目光中一点点被扒光。她保持着笑容，懊恼没有穿得更老气一些。可能内心深处也有些沾沾自喜，毕竟是女人，总需要一点异性的贪婪或欲望来证明自己的魅力，这没什么错，只是不好承认罢了。

三哥朗声笑着推门而入。三哥健壮，光头，身量不高，但总给人是大个子的错觉。三哥每次出现都是声音先于人到场，人进了门，先奉上的也总是一张有些过于热情的笑脸。深邃的皱纹纵横，笑容浮于表面。三哥说："不好意思来晚了，刚跟铁西老六喝了一会儿茶，老六让我给他带个好，回头空了请各位一起去他的店里坐坐。"领导们矜持地笑。铁西老六在阳城的名望地位把在座所有人都加起来也顶不上。据说老六的饭局副市长都未必能坐上主位。三哥多少有些炫耀的嫌疑，可没人会拆穿。根根底底，究究竟竟，心照不宣总好过打破砂锅。

三哥接过张雪虹递过来的酒，顺便拍了拍张雪虹的肩膀，继续笑着："雪虹可是我亲妹子，打小一起长大的，她妈算是我干妈呢。大家多多赏脸。要是她有什么做不到的，看我了。"三哥抬起头把满杯酒倒进嘴里，不见喉咙动，一杯酒顺着嗓子眼落了进去。众人齐声笑，或多或少喝了一口。张雪虹自然是要干杯的。有人说，虹姐爽快。有人说，虹姐生意兴隆。这杯过后，张雪虹就成了虹姐。

虹姐挂着一脸好看的笑，又迅速把笑容吞下去，适当的时候冷着脸更显出热络来。没人教过她，天生，无师自通。有些人就是有这种本事。

"我把三哥当亲哥，就是您各位的亲妹子，怎么还叫上姐了？"虹姐干了一杯，又倒满一杯，江湖气的场面话在挂上另一副笑容后流出来，"要是不嫌弃，以后就把我这小店当自己家，如果照顾不周，找我问话。"

众人哈哈笑，其中一个年轻的说："虹姐敞亮人，放心，这屋里的没人把自己当外人。"虹姐把笑容贴在脸上，表情也妥当，热情，舒朗，透着让人不会非议的女人味。目光流转处，人人便多了一份可亲。桌面上笑意盈盈，酒喝下去，脸红上来，热气腾腾。三哥坐不住，说还要去帮人摆点事，先走一步。剩下的人也纷纷起身。出了门，热络便随风散了。虹姐看着一桌剩下的好酒好肉想，都是喂不熟的，也不怪人家，人家什么好的没见过？求上门要关照的那么多，都放在心里，还不活活累死？虹姐这么想，脚下可不耽搁，几步冲到门口，早就安排李刚在门边接应，一个个礼品包递出去：吃着拿着，东西不多，一点心意，别推，推就是看不起人，一晚上亲哥亲妹地叫着难不成都是假的？

2

晚上打烊前余然又来到烤肉店，她已经有了些醉意，脚步踉跄，还要努力走出一道弯曲的直线来证明自己没醉。虹姐正坐在吧台后头拢账，头次做生意，赌上了全部积蓄，只许成功不许失败，手指按着计算器，每根眉毛都竖立着，多一点少一点，松口气，舒缓一点然后再竖起来，自己不觉得，旁人都像看到一个刺猬，于是躲远了，免得引火上身似的。其实虹姐也就是跟自己较劲，跟别人，她不能，没必要，不解决问题。虹姐在某种程度上来说是个实用主义者。她现在心里快活，眼里不光有数字、店面，还有佳佳未来出国的机票和某处已经建好、装修好的新房子。

　　一个蛋糕落在吧台上，余然小眉小眼巴巴地看着她，说：
"姨，生日快乐。"说完就唱，不给人拒绝的机会，连比画带转圈，
年轻的身体被黑色紧身裙包裹着，每一寸都张扬着热辣的味道。
波浪般的长发起起伏伏，有一缕落在唇上，带出更多迷乱。谁都
知道她好看，她当然也知道，为此骄傲，肆意炫耀。店里没客人，
但服务员还在打扫整理，李刚从后厨回来，挑门帘吓了一跳，停
了半秒后又退回去。于是店里除了奋力表演的余然，剩下的都一
动不动，像被按下暂停键。

　　没心没肺的丫头，转个身就可以重打锣鼓另开张的活法。

　　转圈到头晕，乱七八糟地解开蛋糕盒子上的绳扣，插蜡烛，
又乱七八糟地在包里翻了半天打火机，又乱七八糟地数蜡烛，嘴
里的生日快乐歌荒腔走板但绝不半途而废。

　　"姨，许愿！"

　　好像一声令下，虹姐叹口气说："我希望你以后少喝酒。
行吗？"

　　余然嘻嘻笑："我希望你以后越来越年轻，越老越漂亮。今
儿生意好不好？没事，等我回头多给你带点客人来，保证天天翻
台。"余然说完又在包里翻了一通，找到一管口红，巴巴地推到虹
姐眼皮子底下。

　　"姨，新世界迪奥专柜最新色号，特别适合你。不许不要！"

　　虹姐又叹口气："你呀，说你点什么好？"

　　余然挤出一脸委屈又讨好的笑，像初通人事的小兽，总是那
么容易被伤。

　　虹姐把口红收进柜台说："下次别瞎花钱。"

余然脸上那点委屈瞬间淡去，整个人又张扬起来。

"姨，切蛋糕！"

她旁若无人，真就不在乎身后那些闪躲的人影。跟她有什么关系呢？

虹姐记得那天晚上余然边吃蛋糕边说她要辞了北国之星的工作，到北京去学舞蹈。说已经联系好了学校，也攒够了学费和一年的生活费。余然说将来要请虹姐到北京去看她演出，还要请虹姐去逛故宫、爬长城。余然说着，手也不肯安分，白皙的胳膊左划一下就是故宫，右划一下就是长城，还有烤鸭和涮羊肉。余然咯咯笑，恨不得马上把整个北京端到虹姐眼前，脚下也跟着不安分，转了一个看起来很像芭蕾动作的圈，差点扑倒在吧台上，鼻尖和蛋糕堪堪擦过，不然一定满脸奶油。虹姐错愕，爆笑，余然不服气，然后也跟着笑。

笑声里有远方，未来，也有现实，前路，近在咫尺，触手可及。

"姨，你说好不好？"

虽然这已经是两个多月之前的事了，可虹姐认定余然不会自杀。

3

追根溯源。虹姐认识余然已经有二十年。当年虹姐和余然的妈余晓丽是高中同学，高考双双落榜，准确地说是整个班全军覆没。不意外，垫底高中垫底班，学生在课堂上睡觉、聊天、吃饭、打架，老师视若无睹，只有一次忍无可忍，说："你们饿了吃点面包、干脆面、饼干，没问题，弄盘锅包肉、来瓶啤酒是不是有些过分了？"说的就是余晓丽。她笑嘻嘻的："老师，要不整一块？这家做得还行。"哄堂大笑。闹成这样，余晓丽得到的处罚不过是去门口站着吃。

不上学就上班，那会儿阳城还没迎来澎湃的下岗潮，有些幸运的依旧能接班进工厂。虹姐是不幸运的那一拨，家里一哥一姐，占据了名额，她只好到联营公司站柜台，帮南方老板卖脚蹬裤，虽说工资比哥姐还高，却因为是临时工，颇撑不住一家子工人阶级的体面，让父母频频叹气。也知道不能怪她，家里祖上八辈没出过读书人，用父亲的话说，老张家就没有那根筋。母亲则更偏心她，说好工作没你妹子的份，别的上头就不能再有半点亏待，比如炖了一锅肉，可最好的盛出来一碗放一边，给下班晚的虹姐留着。

那会儿脚蹬裤是阳城的时髦物，女人们不管贫穷还是富有，不管腿粗还是细，人手至少一条。联营公司专门辟出半层楼售卖。虹姐的老板之前卖胸罩，在香港杂志上找样子，起个外国名字，花里胡哨，没人买，连看的人都少，气得成天骂北方人土鳖。现在转产，生意兴隆，笑着说，这帮土鳖。虹姐每次听见，眉头都要皱一下，又怕被老板看见，赶紧低头理货。老板不介意虹姐的态度，只要她不耽误买卖就万事大吉。怎么可能耽误？卖出一条额外有一块钱提成呢。最多一天卖出去三十多条，虹姐下了班就去请余晓丽吃饭。

余晓丽不想上班，毕业后就在家里闲着。她妈摔盘子摔碗："说人家养闺女得济，我养闺女是养了债主子。"余晓丽不爱听，出门闲逛，泡台球厅，打麻将，跳舞，甭管干什么，按月也能给她妈交点生活费，自己手头就总不宽裕。虹姐说："要不你跟我一起卖脚蹬裤吧。"余晓丽翻了一个白眼，她之前去找虹姐的时候见过那个南方老板，口臭腋臭还好色。她说："你怎么忍的？"虹姐笑："哪有你说的那么严重？再说了，联营公司明晃晃的灯照着，他还敢动手不成？真敢我就告诉你，咱俩一起收拾他。"余晓丽不吭声了。过了小半年，阳城开始严打，跟着余晓丽一起泡舞厅的家伙纷纷落网，她妈不知道从哪里听到风声，果断买了一张去南方的车票，转身告诉所有邻居，余晓丽去南方探亲了，她舅舅在南方做生意呢。余晓丽本不想走，但没扛住老太太拿着菜刀比画着要抹脖子。"走吧小祖宗，你要是真进去了，我就只有死路一条了。"

余晓丽走之前请虹姐吃饭，两人坐在面馆，一人手把一瓶大绿棒子，浑河牌。虹姐急了，说："我请啊我请，咱们吃点好的去。"余晓丽在桌沿磕开瓶盖，一口下去半瓶。虹姐不说话了，眼泪在眼眶里打转。余晓丽说："哭个屁，咽回去。等我混好了，接你过去，咱俩住一起。"虹姐说："行，我等你。"眼泪左边一颗右边一颗，掉了下来。

两年后虹姐开始卖娇衫，据说来自法国，据说明星都穿，于是阳城的男人们也穿，南方老板终于不说土鳖，他瞪着两个眼珠子说："都是我的财神爷啊。"每个财神爷能给虹姐提供十块钱提成，可见老板赚得多么多。后来虹姐知道，老板的娇衫全部来自五爱市场，批发价三十几，放在联营公司柜台上就多了一个零。"无商不奸。"虹姐在心里骂，然后警告哥哥不许跟着赶没用的时髦。这个习惯后来贯穿了虹姐一生，她不相信牌子，更不追求时尚。她只穿自己喜欢的，被旁人称为有风格。

余晓丽从南方回来了，口袋空空，身怀六甲。余晓丽在街坊四邻的指指点点下养胎，她妈再次拿出菜刀胁迫她说出肚子里的孽种到底来自何方，余晓丽说："你问这个有用吗？你还能找人家？山高水远，不够车票钱。"老太太愣了一会儿，刀还顶在脖子上。余晓丽说："要不这样，你先死，你死了我就跟着你一起死，一了百了。"老太太哭出戏腔来。余晓丽抓住老太太换气的空当说："我也没爸，我逼过你吗？"余晓丽的妈在知青点怀上了余晓丽，辗转多年才回到阳城，那段经历同样不为外人道，可外人都知道。这就是骂人揭短，也是一击中的。老太太消停了，除了哀叹家门不幸，也说不出别的来。何况自身经历过，知道难，更知道再难也能熬过去，于是气恼过后开始心疼女儿，炖鲫鱼汤，烧花生猪蹄，预备了足够多的小米红糖和鸡蛋，还让虹姐没事多找余晓丽说话，免得她心烦。

　　虹姐下班回来，在马路湾买糖炒栗子给余晓丽吃。虹姐说些商场里有的没的闲话，也说些过去的人现在的事，谁谁当兵去了，谁谁接了家里的班进了工厂，最有出息的是隔壁班的班花，现在成了空姐，上了天。"班花你还记得吧？还说我抢她男朋友。要不是你帮我出头，可就把我活活憋屈死了。"虹姐想想笑了，余晓丽把整盒饭扣在班花头上，还在人家班里大声说，再敢欺负我们班的人，要你们好看。余晓丽威风得像个女土匪。虹姐那会儿胆小，躲在人群后头眼睛盯着解气。虹姐说："你怎么敢，你就不怕人家还手？"余晓丽边吃边点头，不接茬。好像那些过去的永远都过去了，好像虹姐说的是别人。虹姐说："到底是谁欺负了你？"余晓丽冷笑："干吗非要是有人欺负？身子是我的，我想怀就怀；孩子是我的，我想生就生。"虹姐听见余晓丽竭力隐藏的颤音，她轻轻握住了余晓丽的手，冰凉的手。

她还是说了。其实是个平常到烂俗的故事，比《知音》上的悱恻传奇失色许多。两人遇见了，看对眼了，住一起了。南方潮热的天气，两个正当年的男女，能干的也就只剩那么点事了吧。干完了，男的说了理想，他是有理想的，区别于周围那些只想发财的凡夫俗子，他要出国，去学习，他要看到更好的世界，顺便让自己成为其中一分子，且一定是能够发光发热的一分子。余晓丽听了，信了，打工支持男的读夜校，学英语。

"然后呢？"虹姐忍不住追问，"他出国了？把你甩了？"

余晓丽冷笑："那倒好了，他去了澳门，赌了，输了，让人扔海里了。估计现在已经成了鱼饲料了。"

"那你还要生这个孩子？"

"谁说这是他的孩子？"

余晓丽继续冷笑，虹姐一度怀疑这表情会印刻在她脸上，一辈子都只会这么个笑法了。

"人死了，债不能灭。我被堵在家里，倒是有的选，要么还钱，要么……"

很显然余晓丽选了后者，而要债的人也信守承诺，当面撕碎了欠条，从此两清。余晓丽只知道那人来自澳门，手下人管他叫雷哥，有一双又亮又狠的眼睛和好看的眼睫毛。那人再没来，余晓丽去澳门找过两次，没找到。于是便有了天大的主意。

"那你还要生？"话一出口虹姐便知道了答案。这好像又不输于《知音》了。

余晓丽偶尔说说南方的见闻，风俗、气候、街边高大的树，一年四季花开，满眼都是丰裕的绿，比阳城半年萧瑟强太多。说到最后，总能落到那个叫雷哥的男人身上，在一次次的重复咀嚼中，雷哥英俊、义气、重诺，简直是男人中的楷模。虹姐还没谈过恋爱，对男女之事还很懵懂，只是单纯觉得太过偏颇。若真那么好，怎么会做那种事，怎么会避而不见？余晓丽说你懂什么？那是人在江湖身不由己。后来虹姐看电影《古惑仔》，总是会想起余晓丽和她的雷哥。

余晓丽生下余然，没等出月子又去了南方，孩子扔给老太太带。走之前又跟虹姐说："等我混好了，你来找我，我带你去澳门吃蛋挞、吃牛排、吃龙虾。"虹姐说好。这次虹姐没当真，可特别想余晓丽混好。她好了，姥姥和孩子就都好了。

开始几年，余晓丽月月有钱来，也打电话，还邮过一些衣服和玩具，据说来自香港。这些带着外文标牌的衣服把余然打扮成整条街最洋气的小孩，谁见了都说好看。虹姐问她和雷哥如何了，余晓丽就挂断电话。虹姐不敢深想。余然五岁之后，余晓丽再无消息。老太太托人去寻，找到汇款单上的地址，人说从来没这个人。再问，人便关上门。虹姐还是不敢想太多，但是有些想法自己从脑子里钻出来，在心头绕成茧，她觉得余晓丽的消失和她镜花水月的爱情一定有关系，可这能跟谁说呢？说了又会有什么结果呢？没好处的事，最好不办，这是虹姐自己琢磨出来的人生智慧。

也是从那年开始，老太太在家里摆上了香堂，供奉起胡三太爷，帮人看事。阳事，阴事。问阳事的人多，考学上班结婚发财，但都跟阴事挂着，总是因为有前头不肯瞑目的门里长辈或横死的冤亲债主挡路，活人才不顺遂。所以要处理阳事就要先搞阴事，超度，做法事，把先人灵魂请到山中修炼。他好了，你才好。老太太盘腿坐在椅子上，嘴里念念有词："云锁深山行人少，古洞修真彻夜寒。清泉缭绕伴仙客，香烟腾腾吐真言。妙法高深频度世，查言治病震灵坛。"有人信，虔诚地掏出钱包来，老太太不要钱，为的是帮神仙代言传话修行，可神仙需要供奉，掏吧，多少看诚心。人就恨不得把钱包倒过来，全拿出来："下次，下次多带些来。"老太太带人出城上山，把余然托付给虹姐，顺便留下钱："吃喝玩，别拘束。"虹姐把钱留在香堂上，压在神龛底下。有时候她上班不方便，就让自己妈搭把手，让姐搭把手。等下班回来再给余然梳辫子扎头绳，在马路湾买糖炒栗子给她吃。虹姐在余然吃栗子的时候仔细端详，总能在她的脸上看到余晓丽的样子，眉眼、鼻梁，眼神中的清澈和不管不顾。虹姐看着，心里就有些酸涩，更想着兴许余晓丽还会回来，希望她还会回来。只是在心里想，没法跟人说的想。

　　虹姐问过老太太，那些阳的阴的，真的假的？老太太说，信则灵。虹姐就让老太太看看她的将来，虹姐说："姨，你实话实说，没事，我扛得住。"这会儿虹姐也结了婚，李刚家境一般，人老实，不爱说话。刚认识的时候，李刚在热水器厂当司机，父母早亡，留下一间回迁房，日子对付过，衣服开线了也对付穿。第一次见面，李刚带着虹姐逛中街，给虹姐买奶油冰棍，还用不太干净的手绢帮虹姐擦手。两人沿着街边慢慢走，李刚说他没钱，家里的老底子都给父母看病花空了，他工资不高，也不敢跟着人家去赚外快，他说谁跟了他都要吃苦。虹姐忍着笑，想说这人挺逗，实在，还知道心疼人。爸妈也都觉得李刚靠谱，再怎么说也是正经单位正经人。虽然此时四处都在谣传哪些工厂即将破产，哪些工厂马上倒闭，可爸妈想，怎么就那么寸轮到自家呢？这种侥幸心理一直持续到哥姐下岗，李刚下岗，阳城几乎一半工人都下了岗。爸妈说这能怪谁呢？人人如此啊。

结婚没几年，虹姐四处凑钱，买了一辆出租车，李刚有车本，算是又有了营生。虹姐怀孕后就被老板辞了，大肚子站柜台不像话。虹姐把老板卖假冒伪劣产品的消息告诉了其他柜台的姐妹，说的时候心里是带着一口气，但也没想过报复。不过无心插柳，联营公司正在整顿，挽回在消费者中日渐低落的口碑，老板撞上了杀鸡儆猴的枪口，连罚带没收，还上了一阵本地新闻。为避免牢狱之灾，他几乎散尽家财，最后两手空空离开了阳城。

虹姐休息了一段时间。佳佳一岁后虹姐才出来打工，到西塔帮人卖辣白菜。妈得了高血压，佳佳就交给邻居大妈帮着看，一个月给点钱，老太太巴不得。妈哭了两场，觉得自己不争气。虹姐笑着起急，说："你可别哭了，回头血压又上来，那才真是不争气。"妈边哭边笑，拍了闺女两巴掌。虹姐知道这算是稍微揭过去了，好，可以忙别的琐碎事了。

两口子都忙，因为过日子，就是没完没了的琐碎事。早出晚归，但生活好像不见太大起色，跟阳城那些过好了的人比差距日益拉大。那些人的孩子都送去了高档幼儿园，吃进口奶粉，学钢琴、英语和油画。虹姐见有人去满洲里做生意，动了心，问李刚有没有想法。李刚不吭声。虹姐说："你能忍心佳佳吃穿不如人？"李刚说："咱不跟人比。"虹姐愣了一下，李刚说老老实实过日子，比上不足比下有余。虹姐想，这不还是在比？李刚说："比啥，谁比谁强多少？"转圈话，说完拉倒。虹姐再说啥，李刚当听不见，和佳佳一起蹲在地上玩小车和铁蛤蟆，佳佳也只有这样的玩具，都是从夜市地摊上买的。李刚就这样，话不多，噎死人，且总活在一种得过且过的满足里。有房住，哪怕是回迁旧房；

有饭吃，哪怕是粗茶淡饭；有妻有女，哪怕她们不如别人家的花团锦簇，够了啊，还有那么多不如他的呢。一起下岗的老朋友，给别人开车，一样辛苦，赚的钱只是他的一半。家里老婆闹孩子哭，天天嚷着离婚，不离也不好好过。跟他们比，他凭什么不知足？当然他也不会明摆着把这些话说出口，干脆低头："嗯嗯。"没有"嗯嗯"糊弄不过去的。虹姐有时候嫌他太过闷，连吵架都吵不起来，嫌多了，对未来产生了怀疑，能不能过下去，过下去了会怎样？未知带来恐惧，也带来厌恶。

虹姐是想把日子往好了过的，需要李刚和她一心一意，不光是没外遇就够了的。这话没办法说明白，说了别人也不懂。就好像两个学生，一个奔着双百，一个只想及格，说白了不是一路人，没有谁对谁错。心思有了，脸上、行动上多少都能带出来，哥姐劝："想那么多干什么，不如想想孩子，难不成你想让女儿从小就没爹？"虹姐看看佳佳，又看看李刚，还是一片茫然。人想不明白的事，可不是得求神仙？老太太说："你心善，胡三太爷会保佑你的，不过你要记住，啥事也别指望别人，靠自己，信自己，好好做女人，稳稳当当，逢凶化吉。""这是啥意思？没明白。"老太太说："自己慢慢悟吧，一辈子长着呢。女人啊，走错一步，后悔迟。"虹姐想问胡三太爷到底是什么来历，谁想老太太接着说："要是将来我有点什么事，这孩子你就多费心。不看我，也看我家晓丽。"虹姐就把自己要追问的忘了，安慰老太太："放心吧姨，你保准长命百岁。将来余然肯定孝顺。"老太太说她的事她知道。

余然十五岁的时候老太太在睡梦中死去，晚饭还吃了半斤饺子，喝了二两白酒，还哼了荒腔走板的请仙调。还跟余然说好好念书，念到哪儿供到哪儿，老太太现在能挣钱。说得好好的，说没就没了。余然早上起来看见老太太躺在地上，身子都凉了。余然没工夫哭，赶着给虹姐打电话，给120打电话，请邻居来帮忙，然后跑到路口等着接救护车，怕司机和医生找不到楼门口。

人都说老太太是有点道行在身上的，没遭一点罪，善终。那会儿佳佳十二岁了，小升初，按片划分到九中，原本是重点，正常考的话，佳佳没戏，按照上一年的划片标准，佳佳也没戏。谁知道赶巧不巧城区改造，单把虹姐家这栋旧楼归了过去，白捡，可不是逢凶化吉？虹姐越发想老太太，又想老太太多年前说过的托孤的话，对余然就格外上了一份心。

从文官屯火葬场回来，虹姐陪着余然住了一夜。虹姐问余然有什么打算，比如去投靠个谁，三亲六故总还有人在，虽说寄人篱下的滋味不好受，好在也有盼头，熬到十八岁，没几年了，咬咬牙一眨眼的事。余然摇摇头，这些年家里没什么人登门，来得最多的是姥姥的一个远房外甥，来了就是借钱。去找他，还不如自己过。余然说："姨，你说我妈现在在哪儿呢？"这是虹姐第一次听余然问起余晓丽，之前她绝口不提，不知道是心伤得太狠还是压根对素未谋面的人缺少印象和感情。余晓丽走的时候余然还不记事，现在提，分明是太过孤苦和恐惧。人在溺水之前都要抓住点什么，哪怕是浮木，甚至是稻草。这种恐惧压倒了对母亲的怨怼，有了她可能是好妈妈的幻想。可虹姐回答不出。余然也没打算等到答案，沉默了一会儿，笑笑说："姨，没事，我能活下去。"余然眼里的水色渐渐冻结，目光茫然地看着远方，在某个虚无的点上坚硬起来。这种目光让人心疼，也让人信赖，拥有这样目光的人总能走到她想去的地方。余然说："姨，我从来不是谁的女儿，姥姥好，可姥姥不是妈。我也不想欠谁的。其实这样挺好的，一个人过，过好了是本事，过不好也不会对不起谁。"

虹姐觉得余然一下成了大人。后来虹姐听到一句话，大意是说人不是慢慢长大的，而是一下子便长大了。她总能再次回想起那个晚上，余然变成了大人。

往后的日子便是余然一个人的日子，她变卖家里的东西，电视机、自行车，加上姥姥剩下的钱，撑到了初中毕业。余然没考高中，四处打工养活自己。虹姐再好心，能做的也无非是隔三岔五打个电话，偶尔叫她到家里吃一顿饭。李刚不待见余然，怕在夜场推销牛肉干的余然把佳佳带坏了。李刚说，你看她脸上画得跟鬼一样，红眉毛蓝眼睛，穿的衣服还不如抹布料多，像什么样子？虹姐说，一个女孩，自力更生，没吃别人家的饭，没穿别人家的衣，爱怎么穿怎么穿，穿什么都行，别人都可以闭嘴。李刚闭嘴了，余然再来，李刚干脆带着佳佳出门，说，走，遛弯去；走，吃雪糕去；走，看门口耍猴的去。余然把给佳佳买的发卡和MP3留在桌上。

虹姐后来约余然在外头见面，有时候隔一个月，有时候隔三个月。各自都忙，时光快速流淌。有次半年没见，余然再出现，带来两个消息，一个是姥姥留下的房子最终还是叫那个远房舅舅弄走了，本来不想给，可舅舅天天来闹，还说要死在家门口。余然报警，警察说是内部矛盾，让他们自己回家解决。舅舅好像得了胜，仗了势，在门口留下一堆屎。邻居烦了，压过了对孤女的同情心，要余然尽快处理。余然说："妈的，就当喂了狗。"虹姐愣住了："怎么没找我？"余然说："姨，那是个浑蛋，咱们惹不起。"余然不想让虹姐家门口也有恶臭的一摊。余然说，这样也好，一了百了。第二个消息是余然去了北国之星做公关。余然说：

"姨，没别的，我得挣钱，攒钱，我得好好活着，把我妈、我没见过的爸、我姥姥的份都活出来，不然我们家太冤了，三辈子没出个享福的命。姨，你别笑话我，这是我能赚到钱的唯一办法。"

　　余然把虹姐想说的话都堵了回去。虹姐看见余然眼里那层浅浅的忧伤。那是只有苍老的人才会有的忧伤。因为经历过太多无常，忍过太多委屈。它不该出现在余然年轻的眼底。虹姐心疼，更加无话可说。虹姐把余然喜欢吃的熘肉段都夹进了她碗里，逼着她全部吃光。余然说："姨，你放心吧，我能活出来。"

宁 月

1

　　阳城冬季夜长日短，冬至刚过，不到五点，天便黑透了。满街的圣诞树上缠绕着五彩小灯泡，把夜幕撕开一个个口子，流光溢彩。宁月走在这样的灯影里，看到经过的每一个人脸上也都如梦似幻。她固执地走着，绝不承认自己是在有意拖延，熬到时间再回分局，省得被那伙子嘴损的看见，戳穿她的谎言。低级无聊的谎言："我非单身。"是的，她现在算是"奉旨"和并不存在的男朋友约会逛街。傅队说："生活和工作一样重要，去吧，过节去。"一屋子人看似忙，实际都在用余光瞟着她，虽然一大早就有花店送了束玫瑰来，卡片上还有看不出端倪的英文签名，但不足以打消他们的疑虑。都是干刑侦的，一个个赛过狐狸，怀疑所有，把一切当陷阱，这样做的好处是让和平分局数年来在市局和省厅都保持着良好口碑和破案记录，坏处是一旦被他们盯上，眉梢眼角露出点端倪就满盘皆输。宁月不喜欢输，正如她不喜欢总被人询问有没有男朋友，为什么不找一个男朋友，所以才撒了一个谎。"有，稳定，打算结婚。"所以她必须感谢傅队大人大量体恤下情，然后在众人看似不关注的围观下涂一层口红，拎着小包晃出了办公室。她知道身后会有一排好奇审视的目光，也知道他们并无恶意，但总能让她压抑到喘不上气。

街道热闹又清凉，宁月踩在冰冷梆硬的柏油路面上，吐出的每一口气都是滚烫的。好了，马上就到时间了，他们该去忙碌，离开办公室了，而她也该转头回去，张雪虹应该快到了。宁月选择在分局门口的收发室等待，下午她已经打电话给张雪虹，通知她来认尸，如果一切顺利的话，今天便可以宣告结案，把文件转给派出所。其实早就该转，也不用她亲自办理，可是她总要有点事做，干脆揽下来。收发室的看门大爷长了一张弥勒佛的脸，见谁都笑眯眯的，可从来不让闲杂人等从眼皮子底下溜过。据说他年轻的时候在部队干侦查，转业到局里也是刑侦高手，后来在一次抓捕中犯了错误，误伤了同志，才被安排到了后勤。大爷胸怀坦荡，随遇而安，还是一副笑模样。他把自己的软垫给宁月，又泡了一大杯醇茶，茶叶不好，茶杯上挂着茶垢，不耽误冒热气。宁月笑着接过，小口喝着，夜色渐渐重了，沉了，大爷开始在暖气片上热晚饭了。

宁月面朝马路，盯着每一个经过的女人，试图先一步认出虹姐。在宁月的想象中，张雪虹应该是高挑艳丽大开大合的，不然怎么做老板娘？虹姐走进她视线的时候，宁月心中闪过惊喜，和想象中一模一样。傅队说，刑警该有识人的敏锐和直觉。宁月觉得自己距离成为一个真正的刑警又近了一步。

收拾好表情和心情，宁月按照规章要虹姐在登记簿上写下名字和身份证号码，在往法医楼走的路上对虹姐简单介绍了经过和需要注意的事项。虹姐一路沉默，过分冷静和自持，见过世面。宁月觉得自己故作正经被对比出了幼稚和心虚。这感觉不好，且要死死压住，不能让虹姐看出来。

表面没有伤痕，财物没有丢失，没有受到侵犯。基本排除了他杀的可能。现场发现了遗书，经过笔迹确认是余然亲笔所写。

"请您控制一下情绪，发生这种事我们也都很难过，毕竟她还年轻。"宁月轻轻叹息，和家属建立某种共情也是工作需要。何况她真的怜悯余然，她年轻，漂亮，至少应该有个灿烂的未来。傅队说："你是一个女孩，容易沟通，不像他们。"宁月笑笑，确实，作为刑警队唯一的女人，她处处和他们不同。比如现在他们都在忙着探查前一阵发生在和平北大街的一起恶性入室伤人抢劫案，嫌疑人已经锁定，是从延边来的表兄弟。两人长年混迹夜场，自称韩国人，交各种女朋友，行踪不定，还有女孩帮他们打掩护，给抓捕制造了难度。这些女孩在面对警察出示的证据后，仍然坚定地认为她和他之间是真爱，起码和别人天差地别。经过一番波折后，调查终于有了眉目，据说嫌疑人今晚会出现在西塔红番区，提供线索的女孩也是因为吃醋，颇有点爱而不得反生恨的意思。傅队在给宁月放了假后带着人早早过去布置，那边乱，平日里人就多，都是小年轻，混子、摇子打架斗殴嗑药的事屡有发生，有几次还引发了群殴，半夜折腾了好多人才平定下来，伤了不少人。今天是圣诞节，想要在不扩大影响和伤害面的情况下抓捕，难度更大。宁月有心请缨。傅队说："去约会吧。"黑子说："看，队长多照顾你。"宁月只能点头，领情，去逛闲街，再给自己找了一摊闲事。

"如果没有问题的话，请跟我到办公室，还有些手续要办理。"宁月在给了虹姐足够多的时间后才开口。足够的时间、尊重以及和蔼的态度，自己揽的闲事更要打起精神对待。宁月没想到迎上了虹姐的质疑和责难。

"她不会自杀。"虹姐一口咬定。

两个女人站在另一个女人的尸体边，气氛冷漠、坚硬。因为一方刻意保持着职业素养，所以另一方越发剑拔弩张。

"在你眼里，一个好好的女孩，就这样白死了？"虹姐的话落在大理石地面上，砸出一个个铿锵的坑。

"你"，宁月不知道虹姐指的是职业还是性别。成为警察后，宁月经常忽略自己的性别。她太想做一个优秀的警察了，不，准确地说是优秀的刑警。宁月记得小时候暑假看《神探亨特》，被里面干练洒脱的麦考尔迷住了，这才是她想要成为的女人的样子，强悍独立、疾恶如仇又风情万种。她无数次在日记本里写下要做一个警察，麦考尔那样的警察，所以高考的时候才背着家里人填写志愿。本来按照父母的设想，她应该成为医生或者教师，稳定、安全、好嫁。宁月在拿到通知书后才和父母摊牌，木已成舟，先斩后奏。做了一辈子科研的父母只能互相埋怨是对方惯坏了女儿，好好的女孩家，被养成了不听话的假小子。这在宁月听起来更像是鼓励，假小子，真警察，麦考尔，绝配。

毕业后，宁月先是在派出所做了民警——户籍警，后来被调入分局管了一年档案。傅队手下原本有两个女刑警，一个结婚，一个休产假，偏撞到了一处。宁月抓住机会，把傅队堵在办公室，表态请战，声情并茂，发自肺腑。宁月生怕傅队早有人选，自己错失良机。没想到傅队对是谁不在意，只知道刑警队不能是和尚庙。宁月在穿上警服五年后如愿以偿。积压了五年的梦想之火一发不可收，可傅队无心让宁月涉险，每次出任务都有各种借口让宁月留在后方，搜集资料，整理线索，打印文件，书写报告。宁月有时会怀疑自己选错了行。

"在你们眼里，是不是她这样的女孩死了也没关系？"虹姐继续质问。

看来是指职业了，宁月忽然觉得心里涌出一点热气，她是警察，起码在别人眼里，穿上制服就能泯灭性别。这很好。

"她跟你想的不一样。如果你认识她，你就知道，她绝对不可能自杀。"

2

宁月是在虹姐走后决定去一趟北国之星的。她倒不是质疑余然的死因，只是想对余然多些了解。

这样的女孩。跟她想的不一样的女孩。

或者说，在整个刑警队都忙碌非常的圣诞夜，她不想独自坐在办公室里，画像虚无中的男朋友。当然她也会抽出一点时间去思考应对可能出现的问题，比如你们去了哪里，吃了什么，互赠了什么礼物。这很好解决，只够杀死一分钟。可寻找一个不一样的余然，可能需要一整晚。所有人都忙碌的一整晚。

宁月犹豫了一下，还是没跟傅队报备，知道要是问了，他多半是不同意。何况，难不成和男友吵架了，干吗还要主动来加班？这个问题不好回答，但是由头可以备用。万一真的查出点什么。其实傅队人不坏，但有时候过于固执，最不喜欢手下自作主张。往好了说，这是对他们的保护。可凡事都要按照他的规定和步骤进行，总是气闷的。如果硬要上纲上线，宁月这算私自调查，与规定不符，可往息事宁人上论，她不过是去问问，随便找人聊聊，也没问题。何况更大的可能是什么都问不出来，所以何必多此一举让正在紧要一线的傅队操心？

宁月一路上乱七八糟地想着，车已经开进了北国之星的大门，门口是一棵足有三层楼高的圣诞树，华丽，壮硕，试图在冰冷中闪耀出一种热度来。一个穿着形似纳粹盖世太保样式大衣的门童跑过来，用不太标准的手势指挥宁月把车开出去。"没车位了！"他大喊，声音被风吹散，嘴型替代对白。"停外面，外面。"他尽力比画，暴露了袖子过长的弊端。宁月只好寻找出口，一路撞进眼里的都是豪车，像车展，只是没有模特。其实也有，不过不在车前，都在转门里面。她忽然想起曾经听过的一个笑话，说是来北国之星玩，如果开的车不好，都不好意思停门口。宁月把自己的本田飞度停在马路对面，看见一辆新款悍马轰进了大门。

包间已满。大厅站着百十个等位的客人，据说洗浴那边人更多。如此繁盛，谁能想到阳城已经连续多年沉浸在经济低谷中？有些女孩因为男友没有事先预订而气恼，言语中居然流露出不行就分的意思，引发哄笑和围观。宁月被人群裹着拥着，只好拿出证件，点名要见菲菲姐。余然是菲菲姐手下的公关，菲菲姐是余然的主任。在余然口袋里翻出的通讯录上第一页有且只有虹姐的电话号码，清楚地标注着"虹姨"。第二页开始，号码多了，头一个就是菲菲姐，三个手机号归一线，标注的是主任。之后便凌乱起来，有些只有一个姓氏，有些写着来处，如谁谁的客户，谁谁的哥们。有些是特征，喜欢喝白酒的谁，喜欢唱老歌的谁，喜欢搋油的谁。字迹间发散出一丝厌恶的意味。宁月打过菲菲姐的手机，刚提到余然的名字，电话便被挂断了。再打，便是无人接听。好在她还有身份，职业赋予的荣光。

店大懂规矩，很快保安经理走出来，带着宁月从员工通道进入后场，转了几道门，走进楼梯间，宁月看见墙上的污渍和地上的烟头，也看见拎着裙摆踩着高跟鞋一路小跑的公主，经理小声呵斥："好好走路！"没用，她们还在跑，只留下琐碎的不太正经的笑声。

"今晚客人太多。不过我们都是正规服务。回头得好好培训一下。"经理解释道，虽然没必要，但总好过哑然沉默。

对，在北国之星，女服务员都叫公主，哪怕穿着晚礼服，裸露着胸线和大腿，跪在茶几前给人倒酒、帮人点歌，不时还要奉献笑容和身体，她们也是公主。

宁月不置可否。傅队说过，做事要目标明确，最忌讳牵扯太多枝节。有偿服务不在今晚探究的范畴里。

宁月说："你认识余然吗？"

经理在两层楼梯上转过头，视线落在宁月脸上，给人一种居高临下的错觉。

他叫什么来着？刚才听见服务员拿着手台说起，后来见面又说，还是没听清，那会儿大厅太吵了。宁月努力看清他的胸牌，可惜他的身体遮挡了大部分灯光，而楼梯间的灯光又实在灰暗。宁月勉强分辨出一个何字来。足够了。

"何经理，你认识余然吗？"同样的问题，不同的语气，便是询问和质询的区别。

何毅摇了摇头，面色不浓不淡。"店大员工多，我只负责保安部。她怎么了？"

明目张胆地装傻是他们这些人的生存之道和骄傲来源。看吧，他们敢糊弄任何人。就算是傅队来了，恐怕一时也讨不到便宜。而傅队在还仅仅是个小民警的时候就已经摆下鸿门宴，对付辖区最有名号的蓝胖子，并从他口中抠出了一伙抢劫惯犯。

宁月认真打量何毅，他眉目间混着油滑和疏离，三十岁，也许四十岁。混迹于此谋生的人都有如此特质——混淆年纪。宁月又想起傅队，固执、强硬、说一不二，可也清澈、简单。起码在面对他们的时候是简单的。好或不好，都摆在桌面上，不会故作高深地反问。满阳城都知道余然自杀，所有的晚餐桌上都免不了提一句，他会没听说？只是这一问一故作糊涂地答，让宁月对何毅失去了基本信任。于是不追问，保持沉默，把继续的不多的路走完就好。傅队说："你得比他们更稳，更能装。"傅队说："其实你也不用太上心，女孩还是单纯点好，省得以后你老公骂我们把你教坏了。"

北国之星的公主休息区在顶楼，原本是打算做一个演艺吧，可惜没做成功，客人们更愿意在相对密闭的包间里随心所欲，不愿在这种地方花时间欣赏不入流的才艺。地方闲置下来，干脆给庞大的公关部当了休息区，里面几个卡座改建成小办公室，用不隔音的预制板做隔断，让主任们也有了去处。她们自动分出了麻将房、扑克房、按摩房。最里面的一间安置了一台冰箱，装着喝不光的酒、吃不完的水果干果。忙碌，丰腴，幽暗，明媚。主任不是官，连正经工作都不算，但享受的一点不比官差。宁月本来已经对即将冲入眼帘的一切做了心理准备，可走到演艺吧的雕花拱门前，还是愕然了一下。

三百平方米的空间，昏暗的灯光，乱七八糟摆放的椅子，看不出颜色的地毯和充斥在空气里的浑浊的香水味道。三个穿着西服的男人站在门口，其实没有门，只是一个圆形的空洞，一组女孩正在主任的吆喝下起身，说笑着往外走。

"好好站排！走廊里别大声说话！不许跑！"其中一个西装男试图维持秩序。这是店内管理层的统一话术。他看起来不到三十岁，个子很高，戴眼镜，不太合体的西装也穿出了一点架势，人穿衣的样子。女孩们照旧嘻嘻哈哈，听见当没听见。他无奈地摇摇头。不太熟练的男人面对一群女人的时候，多半也只剩无奈了。宁月在经过他身边时，好像看见他低垂的眼眸中有遮不住的一丝烦躁。

何毅对此视而不见，他带着宁月穿过人群，走到主任办公室门口。菲菲姐正好迎了出来。一切都是计算好的。从手台里听到消息，算好时间迎客，表现出该有的自持和无可挑剔的配合。菲菲姐是个熟练的主任。

菲菲姐也是一身西装套裙，内搭白色吊带，露出深邃的胸线，手台挂在裙腰上，耳机里不时传来需要公主的声音。菲菲姐笑了一下，露出不太整齐的牙齿，扭小了手台音量。

"找个方便说话的地方。"宁月看着何毅说。

菲菲姐也看何毅，似笑非笑的。何毅就推开一扇门，说了点什么，几个主任鱼贯而出，桌上麻将牌正打到一半。每个人都对宁月视而不见。这种漠视里带着一丝敌意。宁月能感觉到，但不知因何而来。好在她并不在意。"人不会因为不在意的东西而受到伤害，所以最好不要去在意所有。"这话也是傅队说的，当时他们正在调查一个女嫌疑人，她涉嫌用老鼠药毒杀了老公。黑子说，当代潘金莲。傅队说，她老公家暴、出轨，要离婚，她死也不肯。她太在乎了，宁可毁了，也不想失去。

宁月还没完成自我介绍，只说出余然的名字，菲菲姐便已经开了口。

"听说了，下午听说的。好好的孩子怎么就自杀了？谁能想到呢？"菲菲姐红了眼眶，手还抓住了宁月的手。宁月有些尴尬，何毅站在一边，似笑非笑的。宁月有一瞬间怀疑，刚刚挂断电话的不是眼前这个人。

"她平时可听话了，从来不惹事。和姐妹处得也好，热心肠，谁有事都愿意帮一把。上班也积极，从来不请假。说想攒钱去北京学跳舞。"菲菲姐攥着宁月的手，左右摇晃着，眼里是真心实意的哀痛，要么就是演技太好，要么就是已经醉了。

"她平时有没有得罪过什么人？比如跟人吵架之类的。"总有吧，一个在这里讨生活的女孩，总不会真是一团和气一团软泥。

"没有。"菲菲姐说得斩钉截铁，"从来没有，不吵架不拌嘴。说句不怕你笑话的，在这里上班，卖的是力气，赚的是钱，吵架闹事，那不是跟钱过不去吗，天天熬夜熬命图什么？"

"她有男朋友吗？"宁月想，如果还问不出什么结果，她便可以全身而退。对，就是来问问，了解一下，再面对虹姐的时候也能更加理直气壮。

"这倒没听说。"菲菲姐有一刹那的停顿，半秒，三分之一秒，目光流到何毅身上，又流到门外。何毅依旧看着窗外，面无表情。菲菲姐的声音突然高了几度："没有，绝对没有，她都要去北京了，干吗还在阳城谈恋爱？你说是不是？"

宁月微笑，她说不出是或不是。她知道他们一定隐瞒了什么。原本不必隐瞒的，毕竟余然死于自杀。所以，好像更值得探究了。

菲菲姐

1

上个月，菲菲姐的绩效考核在北国之星十三个公关主任中排名第一，这说明她销售业绩第一，手下每天到岗的公主人数第一，订房数量也是第一。谁嘀咕了一句："三阳开泰，牛 × 啊。"引发一阵张扬的笑声。

菲菲姐从魏总手中接过一封红包，厚厚一沓，应该是一万元整。菲菲姐对着其他十二个公关主任及十三个主任助理微笑，带着张扬自得与轻蔑，收获了众人稀稀拉拉又满含妒意与诅咒的掌声。菲菲姐很是高兴。这种开心跟奖金无关，一万块，哪个晚上赚不到？多喝两杯，赶上客人大方，一次掏出一万两万塞过来的也不是没遇见过。她只是单纯喜欢高人一等。魏总很少露面，偌大的北国之星，小小一个公关部，劳动不起他的大驾。可绩效考核是他提的，必须给予足够重视，才能让散漫惯了的主任们多少打起点精神，所以他才屈尊亲自来表彰。确实做对了，菲菲姐兴奋得脸颊绯红，前脚给魏总敬了一个调皮的礼，后脚宣布要请全组公关吃饭，邀请魏总大驾光临。魏总用左手食指推了推鼻梁上的金丝边眼镜，平光镜片挡着精明的眸子，他点头说好，声音轻不可闻。不过到底点了头，算是给足了脸面。魏总轻易不给人脸，除非是极为尊贵的客人或者相关职能部门最高直属领导才能在他脸上看出些许笑意。菲菲姐心满意足。

菲菲姐踩着红底高跟鞋走出去的时候，浑身上下都摇晃出了小人得志的味道。她是故意的，因为就算谦虚谨慎，别人照样会嫉妒咒骂，所以干脆摆在台面上。骂的人干脆，挨骂的也痛快。唯一美中不足的是还没人夸她刚吸完脂肪的杨柳腰，都看见了，看见也不夸，都恨着呢。她们恨吧，只要不耽误自己赚钱，恨到上天入海都行。

这是菲菲姐在北国之星做公关主任的第一年，严格来说是一年零三个月。在此之前她给宝钗姐做了两年助理，那会儿人都还叫她一声苏菲，她跟在宝钗姐身后，妆化得淡，头发扎成马尾，腰上别着手台，出来进去都是一溜小跑。第一时间满足宝钗姐和客人们的一切需求，拿固定分成，一台两百，客人当然会多给，多的都是宝钗姐的。

宝钗姐不止一次当着别人的面说，选她是因为她不够漂亮，当公关赚不到钱。宝钗姐叹口气，毕竟认识一场，能帮就帮一把，一晚上七八个房下来，也有小两千，简直是白捡。她是想显示自己宅心仁厚？估摸也是想瞎了心。谁不知道她是最难伺候的，除了客人，别的不管是店里的经理还是手下的公关，一概不当人。别的主任助理一般就是帮着管管公关出勤，日常招聘维护，好不容易招来的人别又跑了，再不就是带带散台，争取把偶尔光临的客人变成长久 VIP（贵宾）。伺候主任的活也有，但一般也就是帮着点餐买水，夸一声"姐你这衣服真好看，你这指甲头发在哪儿做的？看着特有档次"。主任高兴了，就把自己的好客人推荐给助理，两人一条心，一起忽悠，来钱又快又多。且，只要是客人给的，不管多少，都是助理自己拿着。跟她们相比，苏菲要干的太多了，正常工作不算，还要给宝钗洗衣服、擦鞋、炖汤、熬药，不知道为什么宝钗每天都要吃三顿药，还不耽误喝酒，宝钗说是辽宁中医最有名的专家给的秘方，专门解酒养生。苏菲偷着喝过两口，一股尿臊味。除此之外，每个礼拜还要去她家里一次，监督保姆大扫除，哪怕是最冷的三九天，玻璃也要擦干净。保姆不干，眼看要过年了，万一出点意外算谁的？就算不出意外，冻感冒成肺炎了，主家管治还是管养？保姆扔下抹布甩脸子要走人，走之前非要砸门叫出在卧室睡觉的宝钗结算工资。上一个保姆走的时候也是如此，宝钗起床气大，愣说心脏难受，要保姆带着去看病。保姆来自山东乡下，粗壮有力，手脚勤快，在之前的雇主家里备受爱戴，雇主夫妻出国的时候还恋恋不舍，所以不服欺压，两人吵了半天，邻居报了警。宝钗从派出所回来，三天没给苏菲好脸。好像苏菲是罪魁祸首。苏菲给保姆把钱垫上了，自己拿起抹布爬上窗台。外头北风吹着，天呈灰白色，冷得透了，不知道会不会下雪。真要下了，窗户就白擦了。她胡乱想着，手指头没几分钟就冻得通红，跟小胡萝卜一样。等下午天要擦黑了，宝钗姐才睡醒，出来第一句话说的是："怎么干的活？三把屁股两把脸，都是道子，想不想干了？"苏菲本来想说垫钱的事，话到嘴边却咽了下去。宝钗姐对钱看得重，她打算再干两年就退休，找个海边开饭店，椰林树影，水清沙幼，和电影里的小猪同一个世界同一个梦想。苏菲想，熬吧，不就两年吗？一辈子长着呢，两年，弹指一挥间。虽说这两年里，宝钗姐的客人苏菲一个也插不上手，说不上话。有人看不下去，说几句"为你好"的闲话，苏菲当没听见，照样一脸笑模样忍着。有时候她会想，与其说是被宝钗姐奴役，不如说是她掌控了宝钗姐的生活，如果没有她，宝钗姐怕是活不过一个礼拜。当然这只是她藏匿在心里的想法，等同于自我安慰和催眠，像是阿Q。

宝钗姐说到做到，两年后光荣退休，走之前让苏菲接班，不光留下一组公关，还把自己那本写着所有客人联络电话的小红本卖给了苏菲，其中有些客人名字后面打了×，病了死了关起来了失势了，有些×又被涂抹了，死而复活。苏菲问为啥？保外就医呢。宝钗姐说。

宝钗姐喝了半瓶红酒，目光灼灼："两万，便宜吧？别人想买，至少五万。算给你的奖金了。"苏菲盯着红本，忽然想起宝钗半年前急性胰腺炎住院，她在病床边上三天三夜没合眼，盯着宝钗是否需要上厕所。宝钗能动，上下床都不耽误，可偏要用便盆，说是腿软没劲，怕摔在厕所里。苏菲累得直用脑袋磕床沿，眼前升起一片小红星。便宜吗？肯定要点头，要说："谢谢宝钗姐，还是姐疼我。"宝钗冷笑："不指望你谢，回头少骂我两句就行。"话说到这份上就说死了。本就不多的情分消失殆尽，只剩尴尬。两人不约而同地看向窗外，将近黎明，最黑的时候，黑到透亮，清晰可见玻璃窗上一道道没擦干净的条纹。苏菲把藏在心底许久的问题问了出来："怎么想起来叫宝钗？喜欢红楼梦？"宝钗姐的脸在窗外游荡进来的光斑下显出了一丝苍老，沉默了许久，她说：

"我结过婚，男人婚礼结束没洞房就跑了，跟宝钗差不多。×，还不如她呢，她好歹还留下个空心人，是留下了吧？电视剧我没看全，只记得她成了宝二奶奶，后面继承了家业？我是屁也没捞着，兴许以后也能有个家业，可得自己挣，一分一毫都不是白来的。×，随口这么一叫，你还真往心里去。"

苏菲笑笑，真心的。平时姐姐妹妹混一场，其实谁也不太知道谁的来历，不想打听，不幸虽然各不相同，但总类似，无外乎被伤，有情伤，有钱伤，有家里人伤，伤到自觉无路可走，于是改头换面换条路出来拼，就是想跟过去做个了断。理解。苏菲又给自己和宝钗各开了一瓶啤酒，两人不约而同地一口气吹干。宝钗姐说，以后不喝了，这几年把一辈子的酒都喝完了。苏菲想，能做到就好，恐怕够呛。不是觉得宝钗没毅力，只是太明白偶尔空虚烦躁郁闷的时候，要没酒接着，人会发疯。酒是好东西，大醉一场，要么醉死，要么醒来又是一条好汉。醉死的毕竟是极少数，所以她们离不了酒。

后来又说了些什么，忘了，这是酒的另一种好处，把没有必要记得的通通抹去。

苏菲成了菲菲姐，宝钗从此消失在北国之星，是不是去了海边没人知道。这行有规矩，人要彻底离开，谁也甭去找，命里这一段就当黑板上的粉笔字，擦过去就算了。重打锣鼓另开张，清清白白去做人，兴许还能遇上个把老实殷实的男人，过上另一种日子。把破碎过的人生重新组装起来。就算不行，卷土重来，也没人笑话，更不会去打听其间发生的种种。因为没有必要，无非是重蹈了某种覆辙，或者遇上了某个不淑之人，好了伤疤忘了疼的毛病不稀奇。

菲菲姐忍辱负重两年，落下了好名声。其实也不算处心积虑，特意为之，因为做的时候没多想，只是因为宝钗姐说，少一个人就要扣苏菲的分成，苏菲自然着意收拢人心，有空请公主一起吃饭，下了班去别的场子当客人放松，只要下午能有精力起床，按摩洗澡都可以安排。真要是家里有点大事小情，找苏菲请个假，也好好答应，只一条，办完了就回来，缺钱招呼一声。遇上个把小气的客人，熬了半夜，只愿意拿两百块，苏菲肯定满脸含笑赶来，先捧几句客人，又贬几句自己，说些没照顾到是不是不高兴的话，客人当然明白，加一百，大家面子上都过得去。遇上个把实在抠门的，苏菲自己掏钱出来，不说是贴补，就说晚上大家一起吃饭，马路湾火车站旁边新开了一家火锅店——海底捞，有大棒骨熬的汤底，喝下去暖胃解酒，可以无限量加原汤。

经年累月，水到渠成，人人都知道北国之星有个好脾气的菲菲姐，跟着她混没亏吃。宝钗一走，她这组人没少，又多了几个慕名而来的。人都这样，物以类聚，漂亮女孩也愿意扎堆，女孩们引来了更多客人，也留住了很多客人。她们不怕人嫉妒，就怕没人嫉妒。

菲菲姐的业绩由此突飞猛进，体体面面赢了一次。没赢的时候不想赢，奖金不够丰厚是共识，干这行的对所谓荣誉也没什么感觉。赢了以后才觉得赢的感觉真挺爽。别的不说，能在嫉妒的目光中走完全场，真的爽爆了。何况魏总临时加项，以后公司来的散台优先分给菲菲姐，嫉妒的目光也爆了，菲菲姐惊喜加狂喜。这意味着钱，源源不断的钱，就算将来离开这里，去别家店，客户资源也是最好的竞争力，永远都能变成真金白银，天底下还有比这更让人开心的事吗？

　　余然是宝钗姐手下留下来的老人，当然，菲菲姐告诉宁月的完全是虚构出来的余然。真实的她，若要菲菲姐给个评价，应该是姿色中等，脾气火暴，性格各色。别的女孩都起一个花名，明明、白雪、珊珊，朗朗上口，俗气好记。余然就叫余然，她说行不更名坐不改姓。当然，她愿意实名制跟别人没关系，可当着大家的面冷笑翻白眼就是她的不对了。瞧不起谁呢？一个组每天到岗三十几个女孩，没一个省油的灯，但总有投脾气的，三两个，四五个，平时互相帮衬，一起吃饭一起逛街，互相换衣服穿，就算这些都不论，串台还需要一个打配合和掩护的，起码在客人将怒未怒的时候打个电话，通风报信，化干戈为玉帛。只要客人不找碴，主任和经理也不会管。所以，有个朋友很重要。可余然偏偏和谁都处不来，好客人来了没人叫她，事麻烦了，大家一起往后撤也没人拉她。孤零零一个。她好像也不在乎，平日坐着看手机，要不就跟督察部的男孩聊天，男孩从北京回来，一肚子见闻和故事，真假参半，她爱听。菲菲姐开始以为两个人是有那层意思，好意提醒过余然，别看都在一个店里上班，可高低贵贱各人心里都有数。余然说："主任你怎么想出来的，我就是问问北京什么样。"从那时候起菲菲姐就知道，余然是打算离开阳城的，去北京学舞蹈，换个地方，到那边再换个名字，和过去的千山万水一刀两断。所以人家干吗交朋友？想成为朋友多少要交点实底，或者自己无心说出点真话，都是未来一颗雷。干脆不勾连，日后也不相见。看来这是个心里有数的明白人。明白人自然比糊涂鬼更能笼络住自诩高级的客人，菲菲姐便把余然带到了曾庆东面前。

　　曾庆东是北国之星最优质的客户之一，建筑设计师，名下有三家装修公司和一家建筑公司，刚满四十岁，没肚腩，头发茂密，不戴眼镜，可整张脸让人看得出学问和修养。对女孩也礼貌。北国之星的客人里不乏高知显贵。老板说进门都是客，客人是上帝，很多人真把自己当成了天王老子，没喝酒的时候吆五喝六，鼻孔朝天，喝了酒上下其手，猥琐下流，喝大了甚至当众小解，还非要拽着女孩们现场围观，别说礼貌了，连人都不做了。曾庆东从来不散德行，和谁在一处，都保持君子的距离。喝酒有度有品，手和眼神都干净。每次脸色微红就封杯，笑着说家中夫人管教严，晚点没什么，一身酒气容易被罚跪。人人都知道他老婆是大学老师，出身建筑世家，便明白了苦衷里头的苦衷，软饭不好吃啊。都是朋友，嬉笑着混过去，曾庆东就好坐在一边和女孩们聊天，点来果汁给大家解酒，有时候还拦着朋友没完没了地点歌，尽快结束战斗，让女孩能早点下班，或者换个房间去赚钱。女孩都喜欢他，也知道凭各自那点成色，入不了他的眼，可不耽误每次他来，试房的人挤满一屋子。曾庆东就笑，让主任帮忙拿主意。曾庆东对主任们也是雨露均沾，每个人都帮他订过房，每个人都不长久。轮到菲菲姐的时候，菲菲姐就说，余然，你来。说了三次，之后水到渠成。两人没见怎么热络，有时候菲菲姐进去敬酒，看见曾庆东和别的女孩跳舞，余然坐在一边发呆，偶尔对下眼神，倒也平和坦然。菲菲姐不在乎，反正现在曾庆东只找她一个订房，足够了。

余然怎么就和曾庆东搞到了一处，菲菲姐并不知情，只是有次在新世界撞见了余然，刚想过去打招呼，便看见一个穿着白色针织套裙的女人在扶梯口拦下余然，狠狠甩了她一巴掌。菲菲姐站在围观人群后头，听见女人身边另一个面目姣好的女子自称舒老师，曾庆东的妻子，在余然被打后，她站在打人者身前，警告余然不要想入非非，更别妄想破坏别人家庭。舒老师口齿清晰、逻辑缜密，把扶梯口当成了三尺讲台，从职业、身份、外貌等各方面对余然进行了分析，更表示曾庆东不过是逢场作戏，一时糊涂，就算有什么，也属于可原谅范畴，且夫妻俩已经就此达成了共识。所以现在余然必须识趣，否则等待她的将是更严厉的惩罚。舒老师发言的过程中，打人的女子不时插话，像面对观众演讲一样，坐实了余然小三的身份，并揭露了她不体面的职业，于是引发更多围观。余然一言不发，脸颊上印着五个指痕，身体绷得笔直，承受四面八方的指点。阳城人都喜欢看热闹，寻常有人摔倒，旁边都能围上里外三层，可都只是看，鲜少如此同仇敌忾，好几个中年妇女拼命按捺着想要冲上来抓一把踢一脚的冲动。舒老师在其中显出了知识分子的修养和一个正经老婆的格局，只口诛，不动手。菲菲姐默然离开。后来菲菲姐想，如果那一巴掌是舒老师打的，事情可能另有结局。被害者亲自施加惩罚就成了加害者，惩罚的另有其人，可以是仗义出头，也可以是路见不平，被害者无可挑剔。

当天晚上，余然来上班，曾庆东打来电话要预留一个小包间。菲菲姐把余然留在休息区等着，不想问但还是问了一句："你有什么打算？"余然说："主任，我都准备好了，过完元旦就去北京，那边接受我插班。"菲菲姐看着余然，脸上看不见指痕，不知道是消肿了，还是用粉底盖住了，反正已经看不出来。菲菲姐叹口气说："你想好了就行。"余然说："姐，对不住了。"菲菲姐明白，她是怕这一场闹剧过后曾庆东不来或少来，她少了一个常客。"老爷们儿有的是，你好好上班，再给姐找个客人，齐活了。"菲菲姐笑着说。

那天余然和曾庆东聊了什么没人知道。不过之后曾庆东确实再没来过。余然继续上班，脸上还是淡淡的，有空就低头玩手机。同组的女孩从客人或者客人的朋友嘴里听到些闲言碎语，倒是对余然友善起来，没事喝奶茶也给她带一杯，进房的时候也拉着她一起。原来之前余然和众人之间的距离有她故作清高的过，也有旁人自惭形秽的过。闹了这么一场，大家才明白，原来她也是个会犯糊涂会吃亏的人，距离一下便拉近了。不知道算不算因祸得福。

菲菲姐在宁月走后翻看手机通话记录，上周舒老师打来过，开口便省却了所有寒暄，警告菲菲姐管好自己的人，如果再不三不四阴魂不散，别怪她不客气。菲菲姐想骂："你谁啊，你管得着我吗？"没等她开口，那边已经挂断了。也没必要再打过去，想来余然和曾庆东还在牵扯，把这个自诩知性的女人逼疯了，如此，值得同情和原谅。菲菲姐没管别人闲事的瘾，可能内心深处还盼着余然扳回一局。她不太喜欢舒老师看似光明行为后面的算计，余然可能有做错的地方，但也不必要如此欺负。对，以上所有就是菲菲姐对这件事的了解和看法。她没有过分正义，也没有太多不满。说到底，她还要过自己的日子。

她和他，会和余然的死有关吗？菲菲姐想了一下，只一下，手台里便传来楼面经理的催促。已经过了十二点，圣诞节的余热还在，客人源源不断，他们想要快乐，他们不嫌晚也不怕早，他们对热闹的追捧有种过了今儿就没明儿的架势，个个都能做一晚上的财神爷。菲菲姐抓起几个女孩，她们都喝了，都还没喝多，都有趁着今儿多赚钱的心，一起小跑前进。菲菲姐边跑边想，要是这个月还能保持第一，再冲刺下个月，连续三个月，公司将给予一笔奖励，白拿的钱干吗不拿？起码装修的时候能多填几件进口家电。

至于余然……到底是明白还是糊涂，菲菲姐也不是那么想知道。

张雪虹

1

余然在长白一街租了一个单间，老房子，两层小楼，墙上写着斑驳的"拆"字。写了很久，没见真章，红圈褪色殆尽，小楼依然矗立。

这种房子在阳城已经不多见，屋里没暖气，以前大家烧炉子，后来是电暖气和电热毯。虽然有安全隐患，但是不会挨冻。住在这里的人通常选择后者。狭长的楼道里遍布各家抻出的电线，悬挂在头顶如蜘蛛网。也有零星的烟囱从窗户里破洞而出，傍晚时分浓烟滚滚。虹姐之前问过余然为什么要住这儿，现在这楼里住的多半是南方来的打工者，靠修鞋、洗衣、收废品谋生，还有人夜里专门出去偷狗，杀好后卖给长白狗肉城。他们身材不高，偏瘦，皮肤粗糙，肤色黑红，手上都有冻疮。一家最少两个孩子，多的时候四五个也常见，大的拉着小的，把旧楼当成游乐场，呼啸来去。他们冲到街上河边，捡取能够看见的一切。总有附近的店铺老板在街道中央跳脚谩骂，因为又少了几瓶放在门口的啤酒或汽水，吊在屋檐下的冻鱼和熏肉。虹姐来过一次，站在楼下，目瞪口呆。虹姐说："你这是做给谁看呢？"余然没吭声。虹姐再不肯来，她非常认真地建议余然赶紧换个住处。余然嘴上答应，却没有行动。虹姐再问，便说其实难得回来，一般都住在外面。何况很快就要走，攒够了钱就走，钱比舒服重要。何况，这里离虹姐家很近。"姨，你难不成是不想和我当邻居？"虹姐便不再追问。还是那句话，问多了，管还是不管？不管良心不安，管，钱力不允许。虹姐选择装傻，闭上眼睛心安理得。余然倒是把备用钥匙给了虹姐，以防万一。

虹姐没想到余然把屋子整理得干净妥帖，丝毫看不出临时落脚的样子，处处用了心。碎花窗帘，地上铺着拼接塑料地板块，白色小餐桌，白色暗纹桌布，桌上有一个小花瓶里面插着已经干枯的玫瑰。桌下摆放着两双拖鞋。

一双粉色，一双蓝色。一双小，一双大。

厨房也是一尘不染，油盐酱醋排队站在窗台上，抽油烟机看不出一点油渍，水池里也没有遗留的碗筷，池沿上残留着蟑螂药的痕迹，估摸这四邻八舍总有遗害闯进来。是个过日子的好样子。

虹姐深吸一口气，尽量驱除脑海中的所有想象，她想找到点什么，但绝对不是这个。这没什么大不了的。余然成年，单身，有个男朋友甚至同居男友都算正常。虹姐要找的绝对不是这个。

你为什么要去死？虹姐把视线落在衣柜上，单人衣柜，靠墙摆着，衣柜上面还搭了跟窗帘同色系的蒙尘布。衣柜里挂着裙子和上装，只有一条牛仔裤孤零零地被衣架拽着站在角落。衣柜旁边是鞋柜，一水九厘米高跟鞋，区别只是颜色质地。虹姐打开唯一一个鞋盒，里面装着一些钱、金项链和一枚钻戒。

没有只字片语。余然本来就不是爱写字的孩子，虹姐笑自己昏了头，还想找到什么日记笔记，完全想歪了。这样的余然，怎么想起来写了遗书？写给谁看？

"姨，我就你这么一个亲人啦。"

给虹姐，犯不上写下来，一个电话、一个短信都可以解决。给别人？哪还有别人？除非是拖鞋的主人。

那会是个什么样的人？余然对虹姐算是无话不说，偏这么要紧的，只字不提。虹姐瞬间恼火之后想，一定不是余然藏心眼，只是不好说。或者是有家有业的，或者是玩闹的，或者也是从事什么不体面职业的。余然不想虹姐失望。一定是这样。

李刚找来的时候，虹姐已经把屋子归置整齐，一无所获，于心不甘。虹姐让李刚在楼下等，李刚倒不请自入，果然，李刚的目光检索了一圈后，落点也在那双拖鞋上。藏不住，也没有必要藏。何必心虚？

回家的路不远，拐个弯的距离，不便沉默。

虹姐说："不知道余然和谁在谈恋爱。都这个时候了，人也不露面，可见是个没良心的。"这话苛刻，但也在理。所有女人都会认同，男人们也都接受，男人都没良心。

李刚说："你也不管管店里，今天有客人说咱们的肉不新鲜，闹了好一场，幸好三哥来了，挡回去了。"

虹姐说："是不是因为人家家里不同意，她想不开了？"

李刚说："佳佳元旦想去同学家里住，她同学在城中花园别墅住，好几个女孩都要去，眼看快要高中毕业了，想热闹热闹，问我行不行。"

虹姐说:"余然可不是想不开的孩子,多少事都过来了,就算是谈恋爱出了点问题,也不至于。"

李刚说:"去也不能空手去,得带点礼物,又是钱。年底了,处处要花钱。"

虹姐说:"余然死了。"

李刚说:"作死。早就看她不是什么好东西,就说不让佳佳跟她一起玩,不然将来怎么办?"

虹姐不吭声了。

李刚说:"三哥问要不要让他给找个供肉的,保证便宜、质量好。"

街灯昏暗,道路幽深,家在眼前。虹姐看着李刚,看出一种素昧平生的感觉来。一股气顶在胸口,想要喷涌而出的话都堵死了。虹姐说:"停车,我想吐。晕车。"李刚把车停在路边,虹姐下了车,拉起羽绒服,一个人走进黑暗里。李刚追上来,虹姐指着李刚探出车窗的脸说:"你他妈的也叫个人?! 别他妈跟着我!"虹姐把李刚的车甩在身后,她的身影笼罩在车灯里,听见一声抱怨的喇叭声。不懂眼色的声控灯亮了。

2

三哥给虹姐送来了余然的手机通话记录,正是中午饭点,店里坐得七七八八,三哥笑:"生意真不错。"虹姐把三哥请到包间:"烤肉?"三哥摇摇头说:"随便弄个热汤冷面,切个酱牛肉,对付一口,下午还有事。"虹姐说:"卤猪蹄不错,上午刚弄好的,我给你掰一个,你帮我试试咸淡。"

三哥一边吃猪蹄一边问虹姐到底想干什么，不过是个两姓旁人，人家警察都定了自杀，干吗还要查下去？"你家就没点自己的事？"三哥说成了玩笑，语气也是调侃的。虹姐知道，三哥这是给李刚当说客来了。

　　那晚之后，虹姐面上还是正常过日子，可关上门，只有她和李刚的时候，脸便冷了。不主动说话，问什么至多回答个"嗯"。李刚知道虹姐这是真火了。早上等佳佳上学去了，李刚想哄两句，又听见虹姐给宁月打电话："宁警官，我是张雪虹，我想问问有人去找过余然吗？男的，对，应该是男朋友。"李刚也有点冒火，这还没完没了了，随手抓起车钥匙出门，反手把门摔得山响。

　　两口子杠上了，谁都不肯服软。又一个早上，佳佳一边吃早饭一边打量两个人，看出来了，问李刚："你怎么惹我妈了？"李刚没吭声。佳佳说："我听同学说余然姐死了，是真的吗？"李刚说："你们重点学校的孩子也这么不着调？"李刚的声音有点大，佳佳马上也冷下脸，扭过身，跟虹姐一模一样。李刚说："你元旦就在家待着，哪儿都不许去。外头乱不知道？好好的丫头都跑疯了。"佳佳转身去问虹姐，虹姐说："行，去吧，别空手，你看是买点水果还是什么，想吃熟食我从店里给你拿，都行，你自己定。"佳佳抱着虹姐的脖子在她脸上亲了一口："妈，你最好了。"虹姐说："你余然姐的事跟你没关系，别人愿意说什么说什么，你都当没听见，懂吗？"佳佳点头："他们说得可难听呢，我才不信。再说了，余然姐在外头什么样，跟我有什么关系？她对我好，我就当她是个好人。"佳佳把 MP3 装进书包。虹姐没想到佳佳能说出这么懂事的话，眼眶热了。虹姐说："你这是从哪儿学来的？"两人说话也不压低嗓门，让李刚听个一清二楚。佳佳背着书包蹦跳着上学，李刚还想跟虹姐说点什么，虹姐又开始给宁月打电话："查到了吗？能不能告诉我？没别的意思，我就想知道余然到底发生了什么事。我答应过她姥姥，要好好看着她。我得给老太太一个交代。"李刚看着虹姐边说边走出门，反手一个重重的摔门声。

李刚在电话里头跟三哥说："好好的孩子，都跟着学下道了。我能不急吗？你说她还像个当妈的样吗？"

三哥把一大碗热汤冷面吃个干净，连根香菜都没剩。他说话动静大，吃饭也是狼吞虎咽，一个人能吃出一个班的感觉，且看着的人都觉得那饭特别香。三哥说："妹妹你这手艺真是没话说。"这汤是虹姐自己熬的，牛骨吊出来的清汤，清亮味鲜，算是招牌。虹姐笑了，真心实意地领情。不过笑容短暂，随开随谢。

三哥点了一根烟说："受他之托的话说完了，说咱俩的。"三哥用手指点点通话记录："这上头看不出来的。"

三哥确实是个办事的好手，不光查了登记在余然名下的手机，还查出另一个买来的号码。"干她们这行的，一人最少俩号码。一个专门工作，一个用来生活。"三哥嘿嘿笑，觉得自己这话高级又幽默。"说回来，好玩的事都在那个手机上头，有几个号码我给你抄下来了。一个叫边大志，督察，不是警察，是北国之星的督察。妈的，一个夜场还来个督察部，也是够能整事的。应该就是你说的那个小男朋友，通话挺密。还有一个是曾庆东，听着耳熟吧，前两天刚上新闻，阳城十大杰出青年人才。和余然什么关系我没问出来。其实是没问，惹不起。犯不上。你也别管，人死了，入土为安。过好你的日子，家里外头还不够你忙的？"

虹姐当三哥是好心，笑笑，没吭声。

虹姐把三哥送到门口，三哥扔下一直咬在嘴里的牙签，打了一个悠长的饱嗝说："没结账呢。多少钱？"虹姐说："哥你骂我，店小呗，就差你一碗面。"三哥说："这帮小丫头能混，胆大，估摸是惹了什么自己摆不平的事，一害怕一冲动……搞不好还沾上了乱七八糟的东西。怪谁啊？要我说就怪她们自己，你是不知道，你去那什么红番区看看，妖魔鬼怪，透着不想好死的德行。你呢，好好做生意，过日子，等过两天我多介绍几个朋友来给你捧场，咱们明年开分店。对了，这张名片你收下，专门供应牛肉的，提我，至少八折。"三哥走了，下台阶的时候在冰上刺溜了一下，立马站稳，又回头对虹姐摆手："赶紧回去吧，别冻着。"三哥的话音在风里碰撞着，许久不散。

三哥走了好一会儿，虹姐才回到店里，嘱咐服务员好好看店，她要出去一趟。

宁　月

1

刑警队在红番区的抓捕行动大获全胜。一个通宵熬出了群情激昂。

黑子说:"你是没看见,傅队简直料事如神。"黑子是刑警学院毕业的高才生,一家子警察,大大咧咧,能扛事。人白,精瘦,一身腱子肉。喜欢说话,喜欢接茬,喜欢是非,最喜欢站在太阳下暴晒,夏天要去露天游泳池,希望能有一身黝黑皮肤,至少要向傅队看齐。宁月一边在电脑上整理文件,一边点头,一边努力做出认真倾听和衷心钦佩艳羡的表情。表情还不能太过,有做作的嫌疑,最好就是不时睁大眼睛,配合一点疑问:"真的吗?"类似捧哏,让黑子更容易发挥。

简单来说,那表兄弟算是束手就擒,兴许是之前每次逃脱太过顺利,犯了骄兵必败的错,居然就堂而皇之地在卡座里醇酒美人左拥右抱。傅队一早安排了两个人换上服务员的衣服，借着送酒的名义确定对象，随后已经安插在卡座周围的人一拥而上，基本没惊扰其他正在摇头嗨唱的普通群众。黑子说："现在的小姑娘是真瞎了，看见我们要带人走，居然抓着胳膊不放手，说我们认错了人，要报警，不信我们是警察。傅队当机立断，都带回来，兴许还能当证人。你说绝不绝？"

宁月在键盘上敲出一行字，关于余然死亡的最后结论：自杀。

黑子说幸好带回来了，其中一个姑娘进来就蒙了，一个劲地问坦白能不能从宽，说表兄弟俩已经在河畔花园踩了点，准备弄一票大的。傅队马上突击哥俩，分开审，哥俩都撂了。

宁月抬起眼睛看着黑子，忍不住开口："都是别人主谋，自己无辜？"黑子哈哈笑："都说自己是主谋，另一个不知情，绝了吧？到这儿来玩兄弟情深了，正好，一个都别想跑。你呢，约会都干什么了？"

宁月说："吃饭逛街看电影，不好意思，让你失望了。"

黑子接着笑："不行换人吧，你看我怎么样？"

满屋子人一起笑，黑子拍打着胸肌，好像认准了没见过面的竞争对手是个手无缚鸡之力的小白脸。

宁月说："可以考虑。啊，不行。"

宁月站起来，目测她和黑子一般高，若再挺直了腰杆，还能猛出一厘米。

黑子瘪了，故作气恼。

满屋子笑，满屋子欢欣鼓舞，不光因为宁月和黑子斗嘴，更因为年底了，该收网收网，该结案结案，开年的总结表彰大会，总要占一号。黑子说："奖金到手，我请大家吃顿烤全羊，棋盘山下头农家院，订上一只内蒙羊，配上老龙口，辞旧迎新，一醉方休。"大家就欢呼，还有人嚷着，快记下来，让这小子签字画押，省得过后不认账。

宁月坐下继续看着电脑屏幕上的"自杀"两个字，犹豫了好一会儿才打上句号。

余然死了。这世界上每天都有人死。这世界上每个人都要继续过自己的日子。

收发室大爷通知宁月门口有人找的时候已经是早上六点，天还黑着，街面上多是环卫工人，整理夜间喧嚣后的颓败。宁月第一眼便认出来人，高大，戴眼镜，黑色棉服里头露出西装衬衫领子，这人穿什么都有样子。

督察。真是不知羞到想找他们老板聊聊的名头。

顶着这个名头的人先一步伸出手："你好，我叫边大志。不知道你有没有时间，我想和你聊一聊。"

宁月点点头。边大志不想进分局，提议一起吃个早餐。宁月把边大志带到街对面的清真包子铺。这家羊肉烧卖好吃，配上羊汤，尤其好吃。本来宁月不吃香菜，就是在这儿改的毛病，用老板娘的话说，不加香菜，羊汤味少一半。宁月想边大志应该也是刚下班，干脆点了一个羊杂锅，两屉烧卖，慢吃、细聊。

边大志摘下眼镜擦拭瞬间弥漫上来的蒸汽，宁月看到他有一双与自身比例不符的纤细的手，白皙，修长，指甲是饱满的椭圆，修剪得整整齐齐，透出好家教好修养。宁月甚至感觉，如果不是她做主，边大志一定不会进这种满桌油污、满地垃圾的苍蝇小馆。老板用沾着油渍的手指掐着烧卖屉送到桌上的时候，宁月看见边大志的眼皮抖了一下。宁月忍着笑，迫不及待地夹起一个送进嘴里："真香，赶紧，趁热，凉了就不好吃了。"宁月什么都不问，好像两个人就是专门来吃早餐的。边大志擦完眼镜，开始用自带的纸巾擦碗碟，他比宁月还有耐心。

眼看着宁月吃了半屉烧卖，喝了两碗羊杂汤，边大志熬不住了。宁月也在熬，可她记得傅队说，永远要有耐心，比慢需要耐心，比快也需要耐心。

边大志没有傅队这样的老师，所以开口说："我和余然不是你们想的那种关系。"

老套但标准的开场白。宁月点点头，照单全收。傅队说，只要嫌疑人愿意开口，他编造的故事再完美，也会留下逻辑漏洞和破绽。而刑警就是找漏洞的天才。

2

边大志人生的前十八年顺遂到乏善可陈，父母健康、工作稳定，借了"军工"两个字的光，没被下岗大潮波及，在他们那一辈人中实属幸运。两人知足的同时也明白自己的人生很难再有任何光芒，于是把全部希望放在了边大志身上。父亲不止一次在酒后解读给他起的这个名字的含义，大志，鸿鹄之志，展翅翱翔。本来是想叫鸿志，可上户口的那个老警察写不出来，干脆写上了大志，意思一样，高下有别。父亲为此愤愤多年，深感没文化害己害人。

边大志是个会念书的，不算天才，但相比普通同学坐得住，记忆力好，有股专研劲，其实小孩子哪懂什么专研？不过是想把卷子上所有被打叉的题弄明白，以备回家之后父亲抽查。这也导致父亲在很长一段时间都以为边大志是上清华北大的苗子，并过早在二〇四家属楼内传播出去。边大志高考发挥正常，起码自己预估的和老师判断的都一致，第一志愿在父亲的凝视下填写了北京大学，保底是阳城大学。父亲准备了喜糖和白酒，预订了酒店，在录取通知书到手后还怀疑自己看花了眼。母亲叹口气，好歹也算考上了。父亲沉默，一个人喝了一瓶白酒。在父亲的幻想里，边大志应该至少念一个省重点大学，然后想办法进厂，一辈子衣食无忧，还可以凭借文凭和能力步步高升。父亲想，边大志做厂长也不是没可能。父亲想太多了，只能用酒来填补忽然出现的巨大空洞。母亲不敢太劝，其实也有些失魂落魄，父亲想的，她都想过。边大志晚上没吃饭，躲开父亲的叹息和母亲的眼泪，抓了一把糖到路灯下看人打六冲①。边大志在月亮高悬头顶的时候直起腰，他想这也算是答错了一道题，错了就改，总有对的机会。

边大志带着优异的成绩毕业，却无法找到一个他认为有前途的好工作。在半年求职期后，他终于应聘到三好街一家网络公司做推广，主打扫楼。边大志最好的业绩是成功说服了一家英语培训机构签下半年合同。边大志说互联网行业是年轻人的天下，年轻人都是你的潜在客户，他们在逼仄拥挤和不良味道的熏染中，梦想逃离，英语无疑是一条实用途径。为了让培训机构老板认同，边大志还自掏腰包报了一门三个月的口语课。开局算不错，谁想半年后，老板卷钱跑路，公司倒闭，边大志又去了一家房产公司做策划。那段时间阳城四处大兴土木，新房规划已经从长白延伸到苏家屯，连之前大家都视为农村的蒲河也盖了新城。边大志负责销售的就是位于蒲河的房子，广告词是四处借鉴来的，把所有

---

① 沈阳及周边地区流行的一种多人扑克牌游戏。

关于房子的吉祥话堆砌在一处，和设计部门出的概念图意象完全吻合。可惜房子卖不出去，老百姓并不认为在蒲河会有一个帝王气天子都的山水宝地存在，更不觉得将来这里会成为阳城中心。期房卖不动，地基永远是地基，老板说："大家先休息一段时间，等我和几个投资伙伴达成合作后，大家归队，我们再创辉煌。"

这次失业后边大志有些心灰意冷，好像错了的题要永远错下去。父亲找出压箱底的通讯录，找到一个当年从北京来厂里指导技术的工程师的地址，父亲曾在运转的车床上救下了工程师的胳膊，让他免于一次鲜血淋漓并要付出下半生代价的伤害。工程师感激涕零，表示日后一定报答。父亲说："去吧，去闯闯。"边大志不知道工程师是否还在世，也不知道他是否还记得这样一个插曲。但他不怀疑父亲赶他出门的决心。一个二十多岁大学毕业的男人，一个什么工作都干不长的废物，一个曾经在邻里间得到过无数赞美的天才，父亲承受不了这样的落差。

边大志带着父亲的信和母亲的存折到了北京，他没有去找工程师，而是跑到东北四环租了一间半地下室，邻居是一对在中关村打工的情侣，晚间唯一的噪声是游戏里的战火隆隆。边大志觉得在北京的几年是他晦暗十八岁后的亮色，没人认识他，没人知道他的过往，在逃离了熟人的目光后，他彻底放松下来。邻居男孩无意中说公司技术部门在招聘，边大志借了几本书，连夜看，居然真就入职了。边大志又开始会做题了。有了这份经验和胆气，边大志后来又跳了两次槽，做到了管理层，也谈起了恋爱，女孩来自河南新乡，在北师大读研，有闪亮的黑色长发和纤细的脚踝。女孩说一口标准普通话，喜欢在周日找一处水边闲坐，女孩问边大志对尼采的看法。边大志回答不出，女孩嘻嘻笑，她是故意的，其实她也不喜欢哲学。女孩让"可爱"这两个字具体灵动了。女孩建议边大志也考研，日后工作上可以多些选择。当然这是在边大志吹嘘自己高人一等的考试能力后。女孩说："做我的师弟怎么样？"边大志和女孩一起逛书店，他很喜欢女孩煞有介事地翻阅德文词典的样子。

若不是父亲被查出严重的肝病，边大志想他的人生一定是另一种风景。

母亲是慢性病患者，有糖尿病、高血压、高血脂，父亲肝腹水，在住院和回家躺养之间过日子。母亲哭泣着说："怎么办？"边大志试图寻找一个折中的办法，比如出钱给父母雇保姆，可父亲居然以拒绝治疗来对抗。边大志这才知道，父亲隐藏在心里的对他的期望是有排序的，光宗耀祖之前是孝顺。而出钱不出人，在父亲看来就是叛逆不孝和嫌弃。边大志辞职分手，订了夜班车的票回到了阳城。边大志对女孩说，祝你幸福。女孩转身的时候边大志流下眼泪。

以上是边大志在北国之星之前的全部经历。宁月看着盘子里已经凝成白色的油脂，她想听的还没开始。

"我和她不是你们想的那种关系。"

"她？"

"余然。"

"我和余然不是你们想的那种关系。"边大志苦笑，"昨天你来，我就想跟你说，我们是好朋友。仅此而已。我们之间会聊一些外面的事，她对北京很感兴趣，常问我去哪里吃，去哪里玩，在哪里买东西什么的。还问我如果她去了可不可以帮她找房子，因为我在那边毕竟还有几个朋友。我也愿意和她说话，她像我前女友。她能让我记住之前的一切，那些好日子。

"我不知道她为什么自杀。"

宁月笑笑："如果你真不知道，干吗一大早跑来？"

边大志快速地说："我欠她钱，没欠条，但银行有转账记录。我会还给她的。我也是没办法，我爸需要吃药，医保外的药。我不能眼看着我爸死。"

边大志没说，某天所有亲戚约好了一起上门，围在父亲的床前，伴随着母亲的眼泪，用平静但有压迫感的声音说："你不能眼看着他死。"

边大志说："就算她不在了，我也会把这笔钱捐给希望工程，以她的名义。"

宁月愣了，这么重要的线索居然没人发现。傅队只说："怎么一个报告要写一晚上？"黑子说："毕竟是有约会的人，队长，咱得理解。"宁月没理会调侃，关上了电脑。

自杀。最后两个字总在眼前闪动。

虹姐说，她绝对不可能自杀。

3

隔着一道门，外面大办公室里的所有人都听见了傅队的咆哮。门里的宁月知道自己触了大忌。不该，但还是干了。半个小时前，宁月对傅队说余然的死还有疑点，不能结案。傅队给了宁月半个小时，而宁月给出的只是猜疑，是众口纷纭，是捕风捉影。说捕风捉影已经算好听的了，简直就是空穴来风，是无稽之谈。傅队瞪着一夜没合眼的充满了血丝的眼珠，嘴里浑浊的口气直喷出来，宁月不敢躲也无处躲。"能不能干？不能干就走！"这话是吼出来的，屋里屋外听得一清二楚，争论到了绝处，谁都不给谁留余地。

"不就是因为余然的职业吗？这样的女孩，死了就死了。要是换成别人呢？换成哪个领导家的千金呢？人家说不是自杀，你也不查？"宁月嘴比脑子快，吼出来才意识到自己在说什么，说了就收不回来了。

傅队黑红的脸只剩下黑。这是去年年初的事，也是一个姑娘跳楼，现场判断、调查取证、法医检验都认定是自杀。姑娘的父亲在市委工作，伤心过度住进了省医院干部楼。案子结不了，除非领导出院。领导不出院，就是要等一个能接受的说法。分局开会，刑警队开会，查，姑娘好好的干吗跳楼？费了好些力气，查出姑娘最喜欢看恋爱小说，把琼瑶小说之类当成圣经，暗恋了一个已婚的男医生，四处跟人说医生和她谈恋爱，还跑到医院去要求医生马上和她结婚。医生知道姑娘这算癔症，好意提醒姑娘去看病，哪知道姑娘还沉浸在自己的幻想中，以为医生始乱终弃，找医生夫人要联手处理陈世美，医生夫人了解丈夫，断然拒绝，更不会放手。姑娘无奈，愤而跳楼。可能死前有些清醒过来，或者是人之将死，其言也善的缘故，遗书上没有半字牵扯到医生及其家属。这算是姑娘的善念，哪承想被扒个底儿掉。领导认为女儿的死医生必须承担责任，话小范围传出来，大范围扩散，虽然没人执行，因为无据可依，但还是让那个医生陷入困境，后来居然也自杀了。医生的夫人离开了阳城，据说去了海南岛。从此再无消息。

这件事凡是参与的人都觉得心中有愧，所以成为隐疾，说不得，提不得。谁还没点讳莫如深的往事？成年人的基本修养就是不揭人伤疤，打人不打脸。何况还是同事，是上级。宁月要不是急了，也不会口无遮拦。

对了，主办这个案子的就是傅队。

宁月恨不得咬掉舌头，其实她想说，相比那个医生，边大志作为欠债者更有嫌疑。

傅队说："如果不是他呢，你是想让他成为下一个医生？"

傅队黑脸渐渐转白，坐下出了几口长气，平心而论，宁月在他带过的女警里头算不错的，不娇气，不议论是非，平时糙老爷们儿说话办事没个分寸，她也从不往心里去。他甚至想如果宁月真吃得了这份苦，那就留下。现在看来，宁月有些轴。轴不是不好，可容易吃亏，特别是在集体当中。你轴了，你让别人怎么办？就显你能，别人都是混事的？分了心，不团结，日后工作怎么展开？又想，刚当警察那几年，自己也是这德行。想来刑警队十几号人，最像自己的居然是个丫头。他不知该哭该笑。

回到这个案子上，余然自杀确实已经没有任何疑点，所谓调查也不过是追究一个根底，到底为什么自杀，谁又是那个起因，其实已经跟案子无关了。一般都是死者家属不甘心，要在道德和舆论上扳回一局。之前还有个乡下婆婆大闹分局，她儿子因为赌钱欠了一屁股债，从彩电塔上跳下来，事实清楚，证人证词齐全，婆婆不干，非要警察抓掉所有放赌放债的，给她儿子一个说法，不然儿子横死不得超生。地下赌场自然要查封，但需要上级同意安排，不是靠眼泪和诅咒就管用的。

宁月咬着嘴唇站在一边，已经到了这一步，必须要等个说法了。查不查，怎么查，宁月再轴，也知道在单位一定要服从领导，除非不想干了，否则擅自行动是大事。幸好傅队气糊涂了，没追究她昨天跑去北国之星的事，不然免不了又是一顿批评，说不定还要她继续坐办公室，把椅子坐穿。

傅队最终还是点了头，就当是锻炼新人，但也说好了，私下、独自行动，看看还有什么线索能够挖出来，如果有足够的确凿的证据，队里再研究如何继续介入。宁月提着的一口气终于吐了出来，她甚至有了一种获得胜利的欣慰感，哪怕是错觉也弥足珍贵。

宁月在出门前对傅队道歉："对不起，领导，刚才是我口无遮拦。"她说得匆匆，说完拉开门，迅速消失在门外。

宁月躲着一办公室好奇的目光往外跑，到底还是被黑子一把抓住。

"你是不是疯了？你到底要干吗？眼看快过年了，你这不是跟大家过不去吗？"黑子觉得自己是好心。

宁月抬起眼，原来好奇里头都藏着鄙夷和嫌弃。她倒踏实了，有时候做事总要先想想最坏的结果，比如现在，最坏不过是同事们的非议，再严重点说，算众叛亲离，没人帮手，都等着看笑话，这样的结果能接受吗？宁月能，所以还有什么好怕的？

"我就是想知道她到底是怎么死的，可以吗？"宁月踏踏实实回到自己的办公桌边，踏踏实实捅开遮掩的窗户纸，有什么大不了的？满屋子变得喧闹，人开始互相说话，都是与此无关的杂事，这也算是一种默许？宁月冷笑了一下，她忽然发现得罪人是件快乐的事。

菲菲姐

1

菲菲姐见过很多因为嫉妒而面目狰狞的女人。在她的认知里，嫉妒的破坏程度比仇恨更甚，或者说，仇恨很多时候可以转化为动力，逼人上进，拥有更多力量才能完成下一步。而嫉妒则是慌乱的，它只会让人失去智慧和理性，让大学老师沦为村中泼妇。比如眼前的曾太太。

"我姓舒。你可以叫我曾太太。"她这样说，自以为居高临下，气势不凡，实际上已经泄了气，才需要借助一个名头来强撑住架势。

菲菲姐堆上不带笑意的笑容，说："舒老师，有事说事。"

舒老师并没预料到菲菲姐如此直白地表示不客气。在她的生存空间里，人们习惯虚伪的客气和造作的礼貌，就算明知对方在说假话，也默认为是素质。有素质的人都不会太直白地表示出厌恶。直白在他们眼中等同于粗鲁。转眼工夫，舒老师理解了，菲菲姐当然是粗鲁的，没受过教育，也没有良好的家庭背景，粗和鲁是她们谋生的根本。舒老师甚至产生了一些同情。这种感觉让她更觉得自己高人一等。

舒老师回到了老师的身份上来，这身份足够让她对菲菲姐提出要求。一个在她看来理所当然，在菲菲姐看来纯属脑子进了水才会说的要求：作为余然的领导，菲菲姐需要手写一份证明，重点阐述余然和曾庆东毫无关系。舒老师考虑到菲菲姐的文化程度，贴心地表示她会写好，菲菲姐只需要工整地抄一遍就好，并要菲菲姐保证，一旦有人追问，她会按照声明上的话术来作答。

菲菲姐从目瞪口呆到爆笑，笑声惊动了咖啡店里仅有的两桌客人。他们可能误以为两个女人是朋友，正在聊着足够有趣的话题。她们不是朋友，但这话题真他妈的有趣。

菲菲姐说："人都死了，你还没完了？"

舒老师说："人死了，事情并没有结束。这是她欠我的。她破坏了我的家庭，我必须让它重新完整起来。"

菲菲姐说："我要是不写呢？"

舒老师说："那我就去找你们老板。你不过是想赚钱，我可能没办法给你介绍客人，但我可以断了你的财路。你们这种人怎么说，断了财路，如同死了父母。你也不想吧？"

舒老师终于露出了她的粗鲁，藏在体面外表下的凶狠。菲菲姐见惯了凶狠，她瞬间明白不管她写不写，舒老师都会想办法搞掉她在北国之星好不容易积累的一切。舒老师疯了，她必须要破坏掉些什么。

菲菲姐说："你真他妈的有病。你随便，你试试。"

菲菲姐说完抓起包就走，走之前还故意碰翻了一口没动的咖啡，褐色汁液从桌面往地板上流淌，舒老师慌乱地起身躲避可能要沾染到衣裙的污渍。她的套裙是宝姿新款，在新世界四楼高档女装部购买的。菲菲姐走到门口，回头大声说："曾太太，别忘了结账！"

菲菲姐故意制造的尴尬让舒老师再度失去理性，她站在陌生客人、陌生服务员的目光里，感觉尊严扫地。菲菲姐想起余然被公然打的那记耳光，当时菲菲姐隐身在人群里，现在菲菲姐把耳光还了回去。是为余然报仇，也是为自己，她要给舒老师一个警告，谁也不是好惹的。舒老师说对了，断人财路等于杀人父母，菲菲姐脾气再好，也不会看着这种事情发生。她不知道舒老师和魏总有什么瓜葛，不过一报还一报，舒老师能打她的七寸，她也不妨对着舒老师的七寸下手，谁比谁更疼？还有一句话，光脚的不怕穿鞋的。菲菲姐有的东西不多，输得起。舒老师背着名声家世面子里子，她不敢输。

现在菲菲姐很有兴趣知道余然和曾庆东之间到底发生过什么，可能一直以来她都小瞧了余然。

菲菲姐没有太多智慧，只有朴素的生存法则，比如她知道她必须掌握曾庆东和余然之间隐藏的真相，如此才能制约对抗疯了的舒老师。七寸就在这里，其实生活没想的那么复杂、艰难。

一个钟头后，菲菲姐坐在了曾庆东办公室里的那张真皮沙发上。曾庆东在电话里说自己正在广州出差，估计需要半个月才能回到阳城。曾庆东说，好的好的好的。这是他在挂断电话前的习惯用语，不管对方说的是什么，都是好的好的好的，回头联系。透着礼貌和素养。妈的，他们的素养。菲菲姐在一堆"好的"中间听见一个女孩说："曾总，他们都在会议室了。"菲菲姐也说："好的，那等你回来。"

菲菲姐如此告诉前台，她是被邀请来的，曾总说开完会就要第一时间见到她。前台女孩高挑白皙，淡妆优雅，礼貌地把菲菲姐送进了曾庆东的办公室，交给曾庆东的秘书。秘书一样高挑白皙，淡妆优雅，她们都穿露膝盖的裙子和五厘米高跟鞋。

曾总说过，重要客人都请进办公室，泡茶或咖啡，当然选项里还有果汁和矿泉水，全看客人需要。

"这位女士，您想喝点什么？"

菲菲姐用手指抻了一下裙子上并不存在的褶皱，说："都要。"

曾庆东回到办公室，先撞进眼里的便是茶几上的一排饮料，茶、咖啡、橙汁和矿泉水。菲菲姐坐在这一排饮料后面，像是督战的将军，它们都是士兵，高矮胖瘦各不相同。

曾庆东笑了："来得正好，一起吃个饭，想吃什么？我请。"

菲菲姐从曾庆东脸上看到了舒老师的虚伪。不是一家人，不进一家门。好在菲菲姐刚才已经演练过，她明白她有戳穿这种虚伪的天赋。何况现在曾庆东不是客人，不是上帝，他只是一个管不住下半身又搞不定后院的凡夫俗子。没有了包间灯光的衬托，他甚至都没有了文质彬彬的气质和恰到好处的风度。

菲菲姐说："曾老板，有些话咱们还是关上门说吧。我可真是为你好。"

菲菲姐诚恳又张扬声势。宝钗姐说过，对付那些没什么品又喜欢装的客人，有时候你要装得比他还像，他就服软了。有些男人喜欢服软，这让他们能够找到孩童时期的感觉，说白了，他们想妈。

曾庆东还要再撑一会儿，这是他的地盘，他不是上帝，是地主。他在自己的地方还能让一个夜总会的主任给唬住？曾庆东板起脸，眉头微蹙，每个毛孔都透着厌弃和不耐烦。

"我一会儿还有个会，你要是没什么事就请回吧。"曾庆东迈着四平八稳的步子走到办公桌后面，拿起一份文件，视线在眼镜片后面游离等待。

菲菲姐喝了一口橙汁，不错，百分百果汁，不是兑水的饮料。她也四平八稳地走到门口，对门外试图探听的秘书说："再来一杯橙汁，有葡萄汁吗？也要一杯。还有苹果汁？一样一杯。"

菲菲姐装出了效果，她的虚张声势让曾庆东误解她知道了点什么。人就怕自己吓唬自己，乱了阵脚，出了昏着。其实不该的，曾庆东算是见过世面的男人，这么说吧，如果此时曾庆东在纪委或者公安局，绝对不会乱了阵脚，他会气定神闲，让所有经验老到的审判者都认为他无知且无辜。但菲菲姐不是他们，菲菲姐是主任，是他和余然的中间人，曾庆东当然可以认为余然对菲菲姐无话不说，认为菲菲姐对余然有控制力。曾庆东甚至可以认为，余然做出的某些事，菲菲姐不光知情，还兼出谋划策。

"婊子。"曾庆东不动声色地骂，把这两个字杂糅在视线里，再经过打磨完美的镜片折射出来。都到了这一步，算图穷匕见，谁也别想再留脸。

菲菲姐坦然接受，她喝了一口葡萄汁，又喝了一口苹果汁。都不错，百分百。

"曾老板，这么大的公司，招待客人就别用速溶咖啡了，掉价。我看旁边就有星巴克，让你家女孩去帮我买一杯。"

曾庆东果然撑儿了。"你到底要干吗?！"他怒吼，一下子露了原本粗鲁赤贫的面目。那是在农村从小吃苦的痕迹，是跟人争抢，拼命上位的痕迹，是隐忍天性哪怕被骂吃软饭也在所不惜的痕迹。是他使足了力气隐藏，但总会在某个不经意的瞬间暴露的痕迹。他仇恨所有看到这痕迹的人，比如余然，还有眼前的菲菲姐。

嫉妒可以让女人发疯，仇恨也能让男人发疯。哪怕他们自诩君子和淑女。他们靠着虚伪和自我管控活着，时间太久，让他们已经忘记了属于人的本性，那些狰狞的、撕咬的、丑陋的，才是人的底色。他们在发疯的时候找回了真实的自己。

"你想要什么？"曾庆东再次露出了底牌。菲菲姐想，可能就在这间办公室里，同样的对话也发生在了余然和曾庆东身上。

自己想要什么？菲菲姐盯着曾庆东，看起来他是明知故问。菲菲姐不知道自己居然还有审讯的天赋。她只是觉得自己真的够聪明。因为曾庆东瞬间苍白的脸和额上涌出的汗珠证明了这一点。

2

不太体面的情事特点是开始容易，过程简单，结局复杂。菲菲姐从曾庆东仔细斟酌后才吐出口的话语中复原了整个过程。

不存在一见钟情，余然也没好看到让曾庆东见色起意，最明显的优点是话少。她脸上冷冷的，接钱的时候也是冷冷的，笑出虚伪的样子，眼皮轻轻一抬，飘忽了整晚的目光落在他脸上，那视线里有些疑惑，好像不知道为什么要拿钱，好像在问，刚刚的亲密和玩闹难不成都是假的？是假的她也接受，只是有些伤心。曾庆东心里动了一下。其他女孩在拿到钱后总会爆发出遮掩不住的由衷的笑意，这意味着她们马上可以下班，去小聚、聊天、吃东西、打牌，或者去别家店让自己也当一回上帝。她们的笑容绽放出来，让曾庆东瞬间明白他和他的朋友们在女孩们眼里都是讨厌的东西。他对此颇为悲哀。是的，在漫长的酒色财气灌注的娱乐社交生涯中，余然是唯一让他觉得对散场有意犹未尽之感的女孩。曾庆东在第三次触碰到那目光后决定约余然一起外出消夜。

菲菲姐自然明白消夜的意思，谁会真的想在大半夜吃东西？他只是需要一个能说出口的理由，总不好上来便说："走，我请你去开房。"菲菲姐的冷笑让曾庆东更加恼火，也更加误解，误以为这些余然说过，且说的和他全然不同。事件一致，形容天差地别。这不难理解，其实很快曾庆东就明白他对余然的所有解读也是一种误解。

后来就是朋友了。

曾庆东自认为是个得体的情人，在那晚之后，他将一块从香港带回来的女士手表送给了余然。曾庆东一次性买了一打女士手表，其中有几块被前几任秘书和前台带走了，她们对此表现出喜悦，因为解读出手表的寓意：属于她们的时刻。女孩被这点浪漫击中，心甘情愿，销声匿迹。余然没接，还是那么一抬眼皮，目光落在曾庆东脸上，这会儿两人都醒了酒，曾庆东看到那目光里的距离和轻蔑。曾庆东瞬间知道自己错了，错得离谱。他到底是抽了什么风才会想起意犹未尽来？

余然在清晨奔涌的阳光下穿衣，动作流畅轻巧，那些紧绷的属于少女的肌肤一点点被遮挡起来。余然说："曾总，我不要礼物，那就远了。其实我还是挺喜欢你的，要不一会儿我陪你上班吧？"

曾庆东笑了，在放弃了所有对情义价值的幻想之后，他们其实都回到了各自最舒服的状态。曾庆东掏出钱包，数出一千元现金，放在床头桌上，想了一下，又加了五百。"傻丫头，赶紧回家，好好补一觉。"曾庆东说完进了浴室，他想他出来之后余然自会消失。

这次曾庆东判断准确，余然拿走了一千五百块钱，没打电话，没发信息，彻底消失。不，应该说只要曾庆东不再找她，这段露水情缘也就终结了。可曾庆东找了，因为他探知了余然的底线，并且很享受这种两清的关系。不必哄，不必陪，不用在记事本上装模作样地写下某某纪念日，不必让秘书寻找一些新奇又别太贵的礼物。各取所需，随时可以一拍两散，绝无后患。

菲菲姐适时插了一句："那你老婆干吗当众发飙？"

曾庆东当然记得，脸色又灰败了些。那件事从头到尾都是误会。舒老师本来不太干涉他的私生活。男人出来做生意，应酬在所难免。曾庆东也从来都会把握分寸，在舒老师娘家保持一贯的温良恭俭，维护他们应有的体面。只是，有人看到曾庆东和余然进了酒店。有人专门打给舒老师，好心地转达所见所闻。有人还在学校安慰舒老师，言辞闪烁，同情中夹杂着更多嘲笑。谁让舒老师处处都显示出比人强，那就不能怪人找到短处落井下石。

所以，舒老师不能忍。表态是一种行为，是要演给别人看的。舒老师甚至在打完之后就忘记了这一切。她的要求很简单，曾庆东必须切断和余然的一切联系，她可以既往不咎。

所以，在那间菲菲姐预留下的小包间里，曾庆东一次性给了余然两万块钱。曾庆东说："以后好好照顾自己，有什么需要我帮忙的随时开口。"

多么体面的结束语。只要余然收下钱，两人就跟之前一样，互不相干。

余然把钱推回曾庆东面前。当然不是因为感情，是因为不够数。余然说，十万。余然说得那么理所当然，那么轻描淡写，把人当成了冤大头。

曾庆东显然已经被回忆弄得火冒三丈，他看着一口口啜着苹果汁的菲菲姐，压不住的火从胸腔烧到喉管再喷出来，有些难闻的气味，就算这样，他的表情还可以称得上平静。

"她是不是疯了？"曾庆东冷笑，事情到了撕破脸皮的地步，就看谁狠得下心。不光对别人，也是对自己。曾庆东说："她想去北京，想学跳舞，她说十万是学费和生活费。可这跟我有什么关系？我答应考虑一下。可没想到……她可能是觉得自己错了，不好意思了。要不就是……"

菲菲姐把果汁放在一边，现在事情基本上已经水落石出了。余然一定是拿了曾庆东什么把柄，转而威胁。这把柄在她死后还继续发挥威力，所以舒老师才巴巴地找来堵漏。

菲菲姐说："曾总，人死比天大，过去的事也没必要翻出来，死了都不让人安宁。"

"我倒是想过去，可现在有人拿这件事来骚扰我和我妻子，损害我的名誉，伤害我的家庭。我绝对不会容忍这种事情发生。"曾庆东把每个字都说得铿锵有力。

菲菲姐笑，她瞪大眼睛笑，等曾庆东自己琢磨清楚他的话多么自相矛盾，多么可笑。她笑到曾庆东冷下脸，才把眼睛慢慢弯下来。

"这件事跟我没关系。替我回去转告你夫人，再来找我，我也不客气了。她要的声明我没有，她要是去找老板，我就把今天你说的话都卖给记者。"菲菲姐从包里掏出录音笔，她虽然没文化，但也知道与时俱进。何况听了那么多捉奸的故事，录音笔在故事里是重要道具。"哦，差点忘了，曾总你还要多多光临捧场，快过年了，我可指望你呢。"

最后一句是笑着说的，虚伪的，热情的，职业化的，故意带着一种女人应有的娇嗔。曾总能怎么样呢？只好点头，只好说，好的好的好的。菲菲姐像是突然想起来，问："现在从广州回阳城这么方便啊？"她留下一路笑声离开，因为能想象到曾庆东恼火的脸色，笑声真挚又响亮。

菲菲姐想不出余然攥着什么底牌，或者压根没有底牌，只是事实，一个出色的成天在报纸、杂志、电视台上露脸的男人，私下里龌龊的事实。这就足够让两个自以为高人一等的体面人心惊胆战，害怕身败名裂。应该就是这么简单吧。余然能复杂到哪里去呢？其实菲菲姐也不够复杂，她在办公室和其他主任斗地主的时候也猜不出别人手里的牌。她常输，一百两百三百，输到上客人，她扔下手里的牌转给别人。"不行啦，得先挣钱去了。"

好在这一趟并不算白跑。想必舒老师在曾总身边安插了眼线。她大张旗鼓地唱了这一场戏，就是想让舒老师知道，谁也不是好惹的。

张雪虹

1

2012 年最后一天，烤肉店门口站满了等位的客人。那么多人想在炉火和肉香中开启新的一年，那么多人需要这种仪式，好像唯有此才能让虚无的希望有实体的寄托。

包间里，虹姐拿出结婚时存下的五粮液，快二十年了，酒瓶上满是灰尘，原本细碎的颗粒在时间的压榨下凝结成片，油腻黏滑，沾上了，甩不脱。

李刚不耐烦，他被虹姐用生病这个老套的借口骗到了烤肉店，拖进包间，虹姐说一起吃饭，喝一杯。现在外面生意多好？满大街都是打车的人。满大街都是打不到车的人。在太原街、中街、西塔，随便哪个地方，都可以拉到不用打表随便你要价的人，他们不介意拼车，只要大概顺路就好。这一晚上干好了，可以顶平时三个晚上、四个晚上。他坐在包间里，丢了钱一样焦灼。可他必须坐下，必须等，冷战了好几天，他不想失去和解的机会。只是他希望快点，最好三言两语说清楚，钱就还能找回来。

虹姐一点都不急，外头忙得热火朝天，客人和服务员同时叫喊，几个客人和服务员同时叫喊。他们的声音在抽油烟机的轰鸣下越发膨胀。虹姐打开了五粮液，桌上摆着几个冷拼、卤猪蹄、酱牛肉、辣白菜，还有一份小葱拌毛蚶。

"我不喝了，你自己喝，一会儿我再开车出去转转。"李刚往嘴里塞酱牛肉，"饭呢？米饭就行。你说，我听着。"

虹姐给李刚倒了一满杯，二两半。

"你到底想干什么？"李刚知道这不对劲，非常不对劲。虹姐固执，但从来没有强迫过谁。最多是冷战，自己顾自己。他舔了一下嘴唇，知道这酒得喝。看来钱注定是丢了。踏实了，喝吧，结婚这么久，两人很少在一处喝酒。李刚喝，她看着。她从来不喝。是，她从来没在他面前喝过酒。他知道她酒量不错，迎来送往，当老板娘，被人喊虹姐，这里头有一杯杯酒垫着。知道是一回事，亲眼看见是另一回事。对，亲眼看见的总是媳妇、孩子妈，是把家当成天的女人。不需要喝酒。

"吃菜。"李刚夹了一筷子酱牛肉放在虹姐盘子里。老夫老妻的恩爱。他是这样认为的。

虹姐干了半杯，一口半杯。酱牛肉在盘子里自顾自躺着，没人怜惜，一点点干硬。酒是好酒，陈年的香气可以驱散体内堆积的寒冷。嘴角弯了，舌头软了，目光也一波三折了，话还是想说的那句话。

"李刚，我要跟你离婚。孩子和饭店归我，车子和房子归你。家里没多少存款了，都押在店里。你要是觉得吃亏，等我赚了钱，我再补给你。你看，五万，行吗？够吗？"

话是柔着顺着出来的，她甚至还保持着嘴角的弯度，似乎是在微笑。从当姑娘的时候开始，从和余晓丽做同学的时候开始，她就这样笑。余晓丽说："你笑的时候简直好看死了。"虹姐好像很久没这么笑了。如果把声音消除，很像是夫妻正在说什么甜言蜜语，是妻子略带娇憨的挑逗调情。可声音还在，把李刚震得目瞪口呆。

这不是商量，没有讨价还价的余地。这是虹姐给予的通知，最终决定。

"你有什么想说的吗？"就算是法庭好像也会在判决之后给人最后一次申诉的机会。

李刚涨红了脸，低吼："你他妈的外头有人了?! 谁？三哥？妈的，就知道你俩有猫腻，当我是瞎子傻子？"

2

虹姐是在去找边大志的路上被宁月一个电话拦截住的。宁月说："虹姐，等着我。"

宁月带来了余然的银行卡清单，宁月站在风口，头发乱糟糟的，脸冻得通红。宁月等着虹姐自己去看。

2012年10月19日，五万元整，收款人，李刚。

虹姐看了三遍，确认无误。虹姐想起18号夜里余然欢快地转圈，她说她要去北京，已经准备好了学费，她要开始一段不一样的人生。她之前所有的隐忍都是为了这一刻。她要重生，活出一个想要的人样，她要让姥姥，没见过的妈，没见过的爸都可以骄傲或瞑目。而仅仅一天，或者仅仅几个小时后，她的梦想搁浅了。

她还要继续隐忍，把走远的希望追回来。

总归是夫妻，藤蔓样纠缠在一处的人生，只要想看想找，真相分分钟浮出水面。

简单地说，李刚染上了赌。谁都知道，他的朋友，他不多的亲戚，他的旧时工友和老同学，包括三哥。他们也都被李刚借过钱，不多，八百一千的，在他们能力范围的顶端，都不是有钱人，家里都有一堆等着花钱的事。可是头回开口，总不好拒绝。再没二回。二回他们就知道了，互相通了气，有段日子，他们彼此联络，总会问一句："也找你借钱了吧？还了吗？"也就知道了那些钱在铁西某个地下赌场被送进了赌博机里，一种很多人都以为消失了的赌博机，这种机器在 2000 年左右风靡了整个阳城，很多人因此倾家荡产，最终在警方的一次联合行动中被摧毁。后来又死灰复燃。他们咒骂，叹息，放下电话后收起那点磨不开，直接要钱。家里有事，孩子上学，老人生病，媳妇闹别扭。总之，不还钱他们就活不下去了。他们说："你总比我们宽裕吧？自己有车，媳妇开饭店。要不你跟你媳妇商量一下？"他们把话说到这份上，没一个狠字，意思也到了。李刚说："本来就打算今儿还你的，给我账号，我下午给你转过去。要不叫上老张老钱老赵，一起吃个饭，正好把你们的钱都还了。"

他们一起吃了饭，但是没有李刚。结账的时候好好撕扯了一番，脸红脖子粗的，最后杯中酒的时候，他们发自肺腑地说，以后有事招呼一声，大家亲兄弟一样。

他们在电话里对虹姐说："弟妹，嫂子，你真该好好管管我兄弟，由着他可不行。"

三哥说："你让我怎么说？不是挑你们两口子打架吗？男人，

都有点毛病，改了就行了。一辈子长着呢，不看别的，你还不看佳佳？"

虹姐想起李刚偶尔撞见余然时的厌恶目光，他从不遮掩对余然的鄙视，连胖脸上的油光都透着不屑。他拽着佳佳走出去，在楼道里大声说："好好念书，本本分分做人。"

虹姐瞬间明白，她和李刚的夫妻做到尽头了。她可以吃苦，可以忍受他刺耳的鼾声——高低起伏，有时候打雷，有时候吹哨；可以无视他的浑噩和平庸，并把之归结为踏实本分；她也可以接受几年后李刚得了什么病，需要寸步不离地照顾。但是她不能接受他的无耻和虚伪，更不能接受因此导致的后果。

对了，宁月递过来的那张银行转账记录里还有边大志的名字，同样也是五万元整。虹姐知道这两笔钱便是把余然推向死亡的两只手。

或者还有其他。但那些跟虹姐无关。她只能解决能力所及的部分。比如，离婚。

李刚当然不同意。佳佳在得知原委后表示理解。佳佳说："妈，你想做什么都行，我都支持。不过说好了，再怎么样，他也是我爸爸。这是你给我选的，我没法选，我必须一辈子承认这一点。"虹姐坚定了离婚的决心，她看到了美好的未来，不是富足，不是成功，是佳佳的勇敢和冷静，这足够美好。而离开李刚，结束这段婚姻，就是要维护这份美好。

虹姐没必要回答李刚的疑问。李刚可以对所有人说虹姐要求离婚，因为移情别恋。虹姐在2012年的最后一天，再不是好妻子、好妈妈、好女人。谁在乎？

宁月 + 菲菲姐

1

宁月当然知道菲菲姐见过舒老师，也知道菲菲姐去找过曾庆东。宁月没想到菲菲姐手里居然有录音。在傅队的默许下，宁月调查了和余然有关的所有人，查他们的手机通话记录，查他们的来往和行踪。傅队甚至默许黑子协助宁月查了曾庆东公司的底。傅队说，知己知彼。宁月心怀感激，怎么能想到这是傅队在表示愧疚？他申请将她调离刑警队，换一个经验更老到的女警。傅队的原话是，要有集体意识，年轻人想法太多。何况人在热恋中，总不好跟着一群男人不分白天黑夜地厮混。

宁月想知道菲菲姐和舒老师及曾庆东之间谈了什么。她知道另外两个人一定已经交换了口供，统一了战线，她只能来找菲菲姐。从某种角度上说，菲菲姐和她应该是一头的。当然菲菲姐嘴上早就认定她们已经是朋友，哪怕只见过一面。菲菲姐对警察有种天然的敬畏和出于功利的亲密。在初次见面的敌意之后，菲菲姐还是想与人为善的。不管怎么说，她们之间的对话颇为顺畅。当然菲菲姐没有拿出录音，这是她的免死金牌，是最后能让他们闭嘴放手的方法。是她的钱。她从来不会跟自己的钱过不去。

"你是说余然留下了点什么？"宁月敏感地捕捉到关键点。

菲菲姐点点头，也可能什么都没留下，但有人在找碴。

找碴。宁月想到了边大志，想到他那纤细的手指，很适合找碴。他也从余然手中借走了五万块。余然的梦想之旅彻底终结。

菲菲姐说："两万块就想打发人，也太不把人当回事了。"

是的，余然想要十万块。宁月问过北京那家舞蹈学校，学费一年五万，生活费五万。余然的梦想要用十万块来实现。

菲菲姐说："这傻丫头，钱没了再赚，十万块，弄好了三个月、半年，至于去死吗？"

这才是关键。余然不是糊涂人，如果只是没了钱，何必想不开？

宁月慌乱地从包里翻出一沓纸——曾庆东的通话记录，里面有两通打往北京的长途电话。一开始宁月以为曾庆东是想帮余然解决学费。如果是这样，余然更没有理由去死了。菲菲姐看清曾庆东打电话的时间，分明是舒老师第一次找她的时间，余然死前一周。菲菲姐想了一下，还是没有言语，没必要，已经足够清晰。只是需要一个佐证。

电话在响过三声后被接听，一个好听的女声从听筒里传出："请问有什么可以帮助你？"

宁月完全没想到自己运气如此好，其实她已经在盘算如何说服傅队让她跑一趟北京，找到接电话的人，问清楚曾庆东到底说了什么。可她真的走运，兴许因为快要过年，就算平日淡漠的人也平添了几分因喜气而来的热心肠。她太走运了，曾庆东的电话都是在周末打过去的，周末有人值班，值班表就压在黑板上。

所以，他到底说了什么？

换了一个好听的女声，看来舞蹈学校为了夺取潜在客户的信任颇费了些苦心。

"我有印象，是的。记得。那个阳城的学员。对，我们最终决定不予录取。抱歉。因为有人举报她从事非正当职业。学校对招生有明确要求，我们是正规学校，我们要对学生和家长负责，也要对社会负责。"

好听的女声，柔美，如水涌动。哪怕是拒绝也说得让人如沐春风。

"还有什么可以帮到你？不麻烦，没关系。如果你和你的朋友家人想要学习，我们随时欢迎。"

可能就是这个好听的女声拒绝了余然。她们不欢迎余然。她们说抱歉，很遗憾。因为不合适。余然当然会明白为什么不合适。她们有钱不赚，目的是赚更多钱。她们将拒绝余然当成一种说法，用来提升所谓的档次和标准。余然成了送上门的反面教材。她们用好听的声音让余然明白，她的低贱和不配。她们的声音动人，不疾不徐，有足够的力量在时间中永存。

所以，余然累了。她说，太累了。梦想走远了，追不动了。

菲菲姐在某个瞬间动了真心，妈的，傻不傻，多少大风大浪都过来了，这点事至于吗？

宁月想，可能对某些人来说，真的不是经历得越多越坚强，一场场伤痛过后，压死人往往只需要一根稻草。可施加这根稻草的人无罪。他甚至可以满腹委屈做受害者，他惹了一个不该惹的姑娘，被人讹诈，他无奈对学校吐露了实情，他甚至觉得是自己力挽狂澜，把坏事变成了好事。余然的死，当然跟他没关系。

2

宁月在市三院内科病房见到了边大志。八人间的病房，只靠窗的一张床还有病人，其他人都回家过节了。病人叫边建国，护士说其实也能办出院，回家照样吃药，过完节再回来也是一样。这话护士可以对宁月说，不能对边建国说，这几年患者、家属和医生、护士是对头，一边要把性命相托，一边暗中仇恨，时刻怀疑自己被误诊，生命被漠视。护士学了乖，不该说的、上不了台面的，一概不说。想住就住，只要交够住院费。

边大志白天守在医院，上次从分局回来也是径直来了医院，到的时候边建国正在和护士发脾气，因为怀疑她们下错了药，欺负他看不懂。边大志在灼灼的目光下核对姓名、床号、用药，背过身用讨好的笑对护士表示歉意。护士有口罩挡着脸，不动声色，她们在规章允许的范围内保持冷漠。

宁月到的时候，边大志刚刚帮边建国擦了身，水盆中冒着热气，边建国脸色红润，边大志用纸巾擦拭手指，每一根都不放过。宁月对这十根手指印象深刻。边建国说："你别不耐烦，我活不了多久了。等我死了，你爱干什么就干什么。"边大志把纸巾攥进手心，手背上跳出青色血管，狰狞如蛇，在指尖闪动断裂，如吐芯。

三院对面有家面馆，铁皮屋，四张桌，寻常日子需要排队，宁月带着边大志进去的时候老板已经准备下班。

两碗面，一碟蒜泥白肉，一盘大拉皮。宁月自作主张。站在她身后的边大志有些局促，是的，这里的卫生条件还不如包子铺。他被触目的污垢封锁住了，不知下一步该迈向哪里。

"吃。别客气。"宁月夸张地加辣椒油和陈醋，把面汤染成暗红色，一片片油光漂荡其中。

边大志笑了一下，更夸张地倒辣椒油和陈醋，不管老板在一边直瞪眼。他发了狠地吃，很快鼻尖冒出汗珠，嘴角染得通红，牙齿上还沾了一片葱叶。他终于现出了原形。

"你为什么要勒索舒老师？"宁月掏出预备好的"匕首"。傅队说，看准时机，找到嫌疑人崩溃的瞬间，一击毙命。就是现在。"你和余然到底是什么关系？"

"我发誓我希望他痊愈。"边大志笑了，"他希望的我都实现不了，我的希望不知道会不会落空。"

"所以你要钱。"

边大志说："你知道吗？医科大学可以做肝脏移植，只要有足够的钱。我问过大夫，也做了配型，我可以救他，只要我有钱。他长命百岁，我重获自由。"

宁月在对傅队汇报的时候说，边大志实际上已经构成了勒索。他利用余然手机上的一张合影威胁舒老师，要价五十万。他说如果他们拒绝，曾庆东和余然的关系就会曝光。舒老师拒绝付钱，当然也不希望丈夫就此惹上麻烦，所以去找了菲菲姐，要菲菲姐证明曾庆东和余然毫无瓜葛，这样就算边大志真的曝光，她也有办法利用菲菲姐的证词扭转舆论。照片可以是美工做出来的，谁能证明是真的？

傅队说："所以呢？这跟余然的死有什么关系？"

宁月愣了半秒，是啊，他们拿走了希望，摧毁了梦想，施加了最后一根稻草，可是他们都不是凶手。

宁月哑口无言。

傅队说："勒索是另一件事，不过，有人报案吗？"

傅队说："年后你去户政科报到，这些日子辛苦你了。"

宁月看着傅队，忽然笑了。"谢谢领导，我已经准备考研，户政科不忙，正好可以备考。我会回来的。到时候再好好跟您学习。您可千万别嫌弃。"

傅队第一次觉得，他好像看错了宁月。他想如果她回来，也未必是坏事。

宁月走到门口，打开门，让门里和门外的人都能听见："对了，我根本没有男朋友，暂时也没有找的打算，我觉得做个好警察比较重要。就这样。"

在2012年最后一天的最后一个小时，在北国之星奢华的包间里，宁月给自己点了一瓶不知道年份的红酒。她想好好奢侈一下，尽她所能地奢侈。谢谢菲菲姐，没有她，宁月订不到不要低消的包间。

菲菲姐问："然后呢？"

宁月说："然后我就要好好学习，走想走的路，过想过的生活。新年快乐。"

是啊，新年了。菲菲姐默默在心里许了两个愿望：第一，多赚钱；第二，希望所有人都平安。这应该不难，毕竟舒老师再没有闹过幺蛾子。没人断财路，财源最好滚滚来。

余 然

我有必要说一句，我不爱边大志，我借钱给他，和他上床，但我不爱他。为什么一定要爱？我只是想多听一点外面的事，遥远的，新鲜的。那个我一定要去的地方，我将会做出一点成就，让所有人惊讶的地方。

好吧，如果必须要坦诚，要我说实话，我谁都不爱。我能看到他们的恶毒，也领受过不多的善意，我可以回报善意，竭尽全力，我也可以不带眷恋地离开。所以，我好像只爱我自己。如果非要表示歉意，那么请原谅我的自私。好在，不爱也就没有必要恨。我不恨曾庆东，不恨任何人。我活在自己的命里，他人的善恶有报与我无关，我好坏自担。

好吧，继续坦诚。我太想做出点成就了。很可笑是吧。如我，也敢痴心妄想。可谁说一定不行呢？凭什么我就只能为了生活低三下四，只能被人瞧不起，只能费尽心机去当一个情妇？混好了可以有自己的房子，说不定还能开一家酒吧……对，他们说如果那样，将是我最好的运气和将来。

我不要那样的将来。是，我现在还不知道我到底要什么，成就又会是什么。我可能不太适合跳舞了，兴许我跳不出名堂来，这都不重要。我只想成为一个学生，学舞蹈的女孩，这个女孩会进入一个新的世界，那个世界明亮、温暖、丰富，盛得下所有现在还虚无的成就。

这是我全部真实所想。所以你们明白，当那个世界的门在我眼前关闭的时候，我将自己冻结在了浑河水下。我想到了春风起，冰消融的时候，我可以顺流南下，我想去看看余晓丽，我忽然很想知道她在哪里，在做什么，她为什么一直不回来。我只是要知道一个答案，并非准备谴责。她有选择生活的权利，如同你我。这样很好。

新年快乐。

另：

曾庆东和舒老师在 2013 年 1 月离婚了，对外口径一致，性格不合。据说曾庆东算是净身出户，公司都归到了舒老师名下。舒老师打算把公司变卖，带着钱离开阳城。去哪里都好，她现在只想离开。

又另：

余晓丽在 1998 年的某个夏夜跟着旅游大巴去了澳门。她见到了雷哥，也拿出了余然的照片。雷哥在短暂的错愕后断定余晓丽在发神经，他要手下处理这个摆明是来找麻烦的女人。余晓丽从此人间蒸发。

可能在某个春风起，冰消融的日子，余然会在某处见到余晓丽，天下水归一处，她们总能团聚。

如此，也好。

未遂

> 这是一个关于不原谅的故事，
> 鲜少对美德的歌颂和对良善的赞美，
> 只试图和真实对谈。
> 为了避免冒犯观者，
> 我想这个故事应该发生在很久以前。

第一章

1

1998 年，阳城有一个不寻常的漫长的秋。夏在某场大雨后倏然终止，早晚凉意浸染，午间艳阳高照，叶子在从绿转黄中纠结，洒落一地不甘心的光斑。人们奔波，为了生计、体面和未来。

那会儿贝雪是阳城某市级医院急诊室的护士。这是一个让很多人羡慕的工作，如果不出现天大的意外和事故，这工作可以一直干到老。在充斥着下岗再就业阴霾的阳城，一份能够一直干到老的工作，旱涝都保收，是很多人无法企及的梦想。

那会儿阳城经历了香港回归，距离国足在五里河体育场出线还有三年。在刚刚过去的喧腾和还没到来的热闹之间，阳城满大街都是散乱焦虑的摊贩，还有修桥铺路引发的尘土飞扬、旧楼破屋里绝望的争吵，也有矗立在灯影霓虹中的酒店、KTV、洗浴中心、夜总会。穿着名牌的体面男女，举手投足间散发出某种来自法兰西或意大利的香气，青年大街上风驰而过的奔驰、尼桑、皇冠、蓝鸟，车轮卷动出更多飞扬的尘土。于是急诊室夜里总不乏自杀、外伤、酒后闹事和被高空坠物砸到的患者。

救护车呼啸而至，伤者病患奔涌而至，大多集中在前半夜。贝雪和她的同事推着处置车在走廊里快步如飞。倒不是藏了什么救死扶伤的高尚念头，只是机械地不带情感地工作。有时也会抱怨，忙成这样，奖金也不见多发一分，时不时还要面对患者的斥责、家属的打骂、医生的批评。都觉得委屈，觉得入错了行，好像还有无数选择，都忘了当初是因为没的选才进了卫校，包分配，有助学金，工作算不上前途万里但也不输于人。又都舍不得辞职。再看看那些因为躲避城管在逃跑中伤了脚的小贩，看看因为下岗后拿不出孩子学费喝了农药的妈，便明白自己没资格抱怨。

院里明确要求夜班是从下午五点到早上八点，但几个同岗的护士私下另有安排，五点到十二点，患者最多，大家齐心合力，不出差错。十二点之后分成两班，十二点到三点半一组，三点半到七点一组，换着到更衣室睡觉。更衣室有四张床，每个人都有自己的一套床单被罩。是有些偷懒，可长年累月地熬夜足够消磨责任心，再想想不会因为辛苦就厚起来的工资，也就坦然宽容了自己。何况上头也知道，只要不影响工作，不被人举报投诉，大家乐得睁一只眼闭一只眼。到底要做一辈子的同事呢，谁愿意跟谁真的过不去？

显然后一组要更舒服，不用更深夜重爬起来继续工作。贝雪主动选前一组，不是年轻有风格。她不睡，偷偷换了衣服化了妆跑出去蹦迪，十二点到三点，正是迪厅酒吧最热闹的时间，大把和她差不多年纪的人在舞池里消耗过剩的精力，换取自以为的快乐。这当然是很严重的错误，但好在从没被查岗的领导发现过，也没有发生过临时来了大批患者，忙不过来又找不到人的情况。因为足够幸运，贝雪在工作和娱乐之间无缝切换，并不认为有丝毫不妥。同岗的老护士心中或有微词，表面上却说："去吧，玩吧，有事我呼你。"她说，谁还没年轻过呢？她说，注意安全啊。

是啊，贝雪刚二十岁，脸颊粉嫩，苹果肌饱满，额头光滑，虽然算不上漂亮，但还能沾十八无丑女的光，走进人群里，也有追随的目光和突如其来的搭讪。未必接受，可助长自信。这就够了。足够她有底气向往新鲜热辣，向往未来和爱情。城市再怎么乱好像也与她无关。快乐这种事多少是带些自私的。

好吧，贝雪承认，那时候她不是个尽职尽责的好护士，也不是标准意义上的好姑娘。可那时候她轻盈、忙碌，跟着纷乱的变化的物质一起莺飞草长。值班时偷跑出来玩两个小时，释放永远也使不完的精力，不喝酒人也是眩晕的，因为自以为走在城市生活的时髦里。休息日便可以畅饮。她酒量不错，喝上几杯，脸颊绯红，像打了厚厚的腮红，心里是舒坦的，满脑子冒烟花。她喝完酒便笑，不管见了什么、听了什么都笑，没心没肺的。谁不愿意见到姑娘酒后的笑？为了这份笑，他们每次组局都愿意叫上贝雪。谁管各自揣着什么心思，不过一起笑玩，畅快。贝雪觉得日子好像可以一直这样下去。年少轻狂，梦想成真。

可惜。

2

事里头有酒，但不能怪在酒上。

贝雪跟警察说，一共就喝了一瓶，一小瓶，三百三十毫升的那种，她说得笃定精确，脑海中闪过一个不合时宜的词：三查七对。不可能喝多，更谈不上醉。贝雪流露出些许自信，又很快强自按下去，保持目光凄楚茫然，尽到一个受害者的本分。对面坐着的警察严肃认真，并没因为她的话有任何波动，可目光中分明又写着厌恶。是被徒然添了麻烦的那种厌恶，像是她遇见了还没烧到三十八摄氏度却半夜三点心急火燎地敲急诊室门的患者，或者分明为了吓唬人吞下十片安眠药却做出一心向死姿态的那种女孩，她也会感觉厌恶。

"继续。"警察吐出两个字，手中的笔敲打着桌面。

说真的，这会儿她觉得一切都是假的，她成了演员，所有都是虚幻的，她几乎是在抽离身体的情况下去追溯，她看见了自己，被讯问着，被质疑着，被鄙夷着，还要演绎出悲伤。她在空荡荡的虚无中表演，对，就是空，没上升，没坠落，万物皆空的空。

笔尖在纸上游走，发出几不可闻的声音，她说的每一个字，都被工工整整地记录下来。于人是漠不相关的职业所需，于己应该是留在心头的梦魇。应该是，但不是。或者只是当时不觉得，要隔些时日，愈加清晰。

事情开头挺正常，好像所有的意外和事故都有一个轻描淡写的开场。说出来，总觉乏善可陈，还要说一遍又一遍，因为听的人总换。

"夜班，早上我还在梦中，六点多一点，传呼机响，终点酒吧的调酒师阿南说准备离开阳城，想聚一下。我没多想，去了鲁美后面的酒吧街。"

"为什么？"

"认识好久了，之前也聊过天，算朋友，临别总要送一下。夜班，白天没事。纯闲的。

"去了鲁美后面的酒吧街，'终点'是那条街最后一家酒吧，最后一家，所以叫终点。老板娘以前是歌手，不出名，但是很多人去捧场，所以生意特别好。你们应该都知道。不知道？好吧。到的时候大概七点。具体想不起来了。七点左右。七点整，可以吗？"

贝雪有些烦躁，这些到底是不是真的？为什么说出来，觉得如此虚假？发生过吗？是做梦吗？到底是不是？到底几点？到底怎么想？追问无穷无尽。真的都变成了假的。还要拼命证明是真的。

"七点整。早上七点。7 a.m.（上午）。可以吗？酒吧里面有阿南和他的朋友，没客人，估计是最后一桌刚散，喝到天亮的大有人在。他们也无聊。老板不在。只有他们。"

"朋友叫什么？"

"没记住。谁知道？没说吧。忘记了。"

"好好想想。"

"问他不行吗？干吗问我？"

"……李峰。"

终于有人好心提醒，不然问题是不是会周而复始？贝雪抬起眼睛看角落，一个穿着警服的男人坐在那边。是他说的话，有人轻咳打断。看来是不该说。贝雪的目光从咳声里钻过去，看见了说话的人，她好像曾经见过他，在哪里，什么时候记不得了。后来她知道，他叫何毅，协警。

彼时，笔录继续。

"那就是李峰。""到底是不是？""真没记住。你们说是就是。

然后坐下，开了一瓶喜力。三瓶，一人一瓶。"

"确定，小绿瓶。"

"当面打开的吗？"

"没注意。阿南到吧台里面拿出来的，是不是新开的……是。可能不是。开瓶的声音真的记不住了。谁能记住呢？喝到后面，感觉有些渣滓。不对劲。他说酒可能坏了，过期了。他说的。没多想。兴许是假酒。报纸上说酒吧的酒大部分都是假的。喝不出来，但是会头疼。"

"明知是假酒还去喝？"

"明知总会死不都还活着嘛。没别的意思，警察叔叔，就是随口一说。错了。冒犯了，对不住。

"后来就晕了，不是醉了，是晕了。一瓶喜力，不至于。我当然清楚自己的酒量。这种小绿瓶，我可以一口气喝上十瓶八瓶走直线回家。没自豪。这有什么可自豪的？实话实说。你们不是要听实话吗？态度怎么了？

"后来醒了，趴在酒吧的台球桌上，裤子……被脱掉了。发生了什么？不记得，一点感觉都没有，一点印象都没有。绝对不是自己，绝对不是主动。绝没有。"

"为什么没有第一时间报警？"

"怕。怕刺激到他们。他们说我喝多了，我说对，是喝多了，所以要回家。一个人走不了，晕，站不稳，找了朋友来。说喝多了，让她们来接。朋友来的时候，酒吧门上是挂着锁的。

"对，听见了，她们在外面说，你在里面吗？里面有人吗？怎么锁着门？

"我又说不会报警，都是朋友，喝多了而已。我让朋友也保证不会报警，只要放我走。他们才打开门。

"到了车上，我说，我要报警。马上报警。

"到了医院，洗胃，你们就来了。

"如此，全部事实。我所知的全部事实。"

门开了，坐在角落的人走了出去，贝雪看着窗外，夜色在灯光下散发出清冷的味道。

3

贝雪走出派出所的时候天已经黑透了，应该上夜班，没去，也没请假，传呼机里塞满了催促，没心思看。反正她们会自行安排。护士长应该很生气，临时找人来填空，安排的和被人安排的都满腹牢骚。

无所谓。现在哪里还有心思管这个？到底发生了没有？贝雪深吸一口气，脑海里一片空荡荡，实在想不起来。忽又想阿南何必如此？

想不出别人所行所为的动机和心理，想也是错的。只感觉身体沉得要往地上坠。不空了，满满的，灌了铅般。她鼻子一酸，眼泪忽然流了下来，腿上也没了力气，强撑着挪到街边墙角，刚刚还被批评刁钻强悍，态度恶劣，是不肯忍气吞声的受害者，现在顾不得草丛里是不是残留着什么粪便尿液，蹲下来蜷成一个茧，一整天的泪，这会儿被打开了阀门，打湿了脸和胳膊。只觉得怕、委屈，被欺负后的艰辛难以言表。觉得日月无光，人像落进了深渊里。以为此刻便是深渊的尽头，再不会如此难受了。人生最难受的莫过于此了。甚至忘记了痛和病一样，总会缓解，而深渊下面还有无底洞。

痛到天崩地裂，可偏偏除了自己，他人不觉。他人？他人只知道天不冷，风吹过的时候树枝轻微地颤抖，有情侣在街边牵着手，等待刚出炉的炸串烤饼。有闪烁的车灯张扬闯过，开车的许正意气风发，等不及要全世界都看到，他们的目的地明确，但人却少有目标。有摊主围着小车忙碌，不时还要抬眼观望有没有城管逼近，没有正好，多做一笔生意，锅里多一块肉，孩子脸上多一抹笑。

阳城最寻常不过的一天。这一天以后，贝雪的世界天翻地覆了。

第二章

1

贝雪在天桥边上七天连锁酒店的房间里醒来，渴醒的。她觉得自己像被暴晒了很久的土地，表面龟裂，深层干涸。她不知道自己怎么会有这样的联想，她从没在现实中见过这样的场景，也许曾经在某个不经意的瞬间看到过这样的画面在电视里一闪而过。没人应该把它记住，就算它曾短暂地让人心惊肉跳，感同身受，但很快还有更多更美好的画面出现，将之冲淡到不留痕迹。但它偏偏刻进了贝雪的脑海。润物细无声。此刻贝雪的头疼到要裂开，正如那些裂开的土地，头发是枯萎的秧苗，扎进农人惝惶无措的眼里。她欲哭无泪，用力挣扎着起来，稍显剧烈的动作让头疼加重了几分，无谓的思绪也好荡然无存。

所有思绪都不存在了，人空着，像个自动气球，飘一样到了卫生间，推开门，被地上生出的一条人腿绊了一下，差点磕在洗手台上。

人腿连着人身，地上的人猛然惊醒，擦去嘴角残留的污秽，接下来便是一气呵成，爬起、搓脸、穿衣，试图恢复原有的体面，是个不算丑的男人。他嘴里嘟囔着："怎么就喝成这样了？妈的，这次必须戒了。我还有事，先走了。"贝雪看见房门开启又关闭，只在转瞬间，仓皇逃走的背影被夹碎，同样稀碎的还有一句含糊的话："有事给我打电话。"

什么事？贝雪嘴角弯起一抹笑容，因为头爆炸一样的疼，笑容被扯成了龇牙咧嘴的样子，幸好没人看见。

到卫生间来干吗？忘了。不重要。她回到房间里，倚着床沿坐下。紧闭的窗帘外头怕是日光正好，行人匆忙，比邻的大厦上悬挂着距离北京奥运会开幕还有十几天的标语。十几天？不重要。没有找到一口水重要。对了，刚才去卫生间是想喝点自来水。屋里没有矿泉水了，这是她唯一记得的事。为什么记得？不重要。墙角倒还剩了半瓶红酒。酒因廉价，色泽和味道都颇可疑，她也顾不得了，爬过去抓起来闭着眼灌进嘴里，只觉喉咙酸痛，胃跟被谁捏了一把似的，赶紧冲进卫生间趴在马桶上喷出来。狭窄的空间里混杂了两个人的味道，把空气都逼走了，于是她愈加干涸。贝雪把自己扔在地砖上，凉意涌上来，人舒坦了几分。

这三天都是这么过的。外头热闹喧腾，鲜花着锦，欢声笑语，一派盛世图景。那是外头的事，是别人的事，影响不了自己想要昏天黑地醉生梦死，一箱红酒不够又打电话要来一箱，一个人喝不开心就打电话叫来另一个人。屋子里充斥着一股劣质葡萄酒的酸臭气，习惯了也不觉得恶心，反倒觉得和被摧残的神经、摆烂的身体相契合。贝雪爬上床，看了一眼手机，没电话来，继续睡。

睡着前想，妈的，还盼着谁来电话呢？怎么还不死心呢？真的是有点不要脸了。得多不要脸才能睡着，贝雪那会儿真没想到，睡着和晕过去其实并没有太大差别。

2

再醒来就是在宣武医院急诊室了，医生三十多岁，穿白衣，戴黑框眼镜，算不上俊朗，重眉厚唇，给人一种中规中矩的踏实感，天生适合做医生。旁边的护士眨巴着口罩上方露出的一双杏眼看着他，睫毛忽闪，眼角下有一颗俏皮的痣，泄露出心里一点还没剖白的隐秘。许不是隐秘，早就张扬得尽人皆知，只自己以为旁人不知。若真不能如愿以偿，也好留个嘴硬的退路。这一幕，似曾相识。

诊断明确，急性酒精中毒，需补液，休息，性命无忧。"有没有家属？"床边一脸焦躁的酒店女经理没好气地说："问了，人家说不来。"说完又觉得有些不忍，都是女人，骨子里带些同情，或许还有点恨铁不成钢的意思。"人家在手机通讯录上标注的是'老公'，打了十几遍电话不接，最后还是换了店里的座机才打通。"不等经理把话讲明白，对方就急忙说不去，说跟她没关系，说别再骚扰他，不然他会投诉，他在大理呢。手机里确实有风声，把距离无限延伸。

经理小四十了，有老公有孩子，还有没被打磨尽的心软。再扭头看病床上的客人，给了一声叹息。医生对此没有任何评价，见多了生死，无关性命的离别根本不值一提，只要有人交钱，别让医院和自己承担损失就好。贝雪面无表情，手从被单下伸出来："需要什么手续，我自己签。"贝雪的手好看，细白软嫩，指甲修剪得整整齐齐，那人曾说，最喜欢这双手。

那人还不是老公，准确地说是未婚夫，更准确地说，一周之前还是贝雪的未婚夫。

一周之前，阳光廉价汹涌，在天通苑那间出租房的地上打着滚，让灰尘无所遁形。那人站在阳光下头，一脸冰霜，给了贝雪三天时间搬走，从此两人再无瓜葛。贝雪有刹那间的愣怔，在那一刻，她想的是，刚刚擦过的地，打扫过的房间，怎么又出来这么多灰？

"三天。"那人说完抬腿走了，贝雪急匆匆地追问："为什么？"那人不回头，冷笑和冷哼都从背影里砸出来。"你干过什么，心里没数吗？小于帮我查了，不说，没意思。"小于是那人的发小，是警察，上班开大众，下班开保时捷，日常聚会中擅长调动气氛，说些上上下下的秘闻，也能查出藏在天涯海角的底细，有些成为无伤大雅的谈资，有些成为人情。全不管一番辗转后，有人的生活因此天翻地覆。小于自视甚高，应该从没想过有天会在酒店脏污的卫生间被人踢醒，会像逃犯一样逃走。不知他会不会将这一夜也当作谈资，最好会，更大可能不会。好在贝雪也不是很在意。不管他们知不知道，事情发生就是发生了。并且好消息是，早晚所有人都会知道，世界就是如此公平。

那人冷着脸，自此成了贝雪生命中再无姓名的那个人。好像两人从来没有亲密地相拥，没有一起窝在沙发里畅想未来，没有说过浓情蜜意的誓言，表过永不改变的心意。他只是那个人。所以他冷漠、厌弃、毫无耐心，他平日打发餐厅服务员的时候都比现在有礼貌。

也就是小半天，贝雪整理好了行李，该扔的扔，大部分都要扔，不管有没有用，也不管喜不喜欢，只要不能塞进那个只有20寸的登机箱，就活该被扔。贝雪拉着箱子走在小区林荫道上，阳光从树叶的缝隙里挤下来，在地上摔成碎片。

"你干过什么，心里没数吗？"贝雪把涌到眼眶的泪逼了回去，不难，深吸几口气就好，她不想为了谁流眼泪。走就走，谁离了谁不能活？脑子里过着强势的独白，心里塌成废墟。没底气才要这样不发一言地走，连多质问一声都不敢，还要支棱出硬挺的虚妄，把自以为是写得彰明较著。

天生要强？不是，她只是不想让人看了笑话。不管是熟人还是路人。

3

在医院多住了两天，打掉肚子里刚一个月的胚胎，那人留下的最后印记。在酒店续了半个月的房。本来已经无房，北京城的酒店都客满，人们从全世界赶来共同欢庆，城市洋溢着热情欢腾的气息。还是经理动了恻隐之心，才让贝雪不至于狼狈到没有落脚之地。

经理说："你好好养着，先别急着会客了。"经理自认为隐晦，实则刻薄。说完多少有些后悔。好在贝雪也不是很在乎。她现在对很多事都没那么在乎，所以才能吃下睡着。医生说的，要好好调养。贝雪谨遵医嘱。

那些日子在贝雪后来的记忆里很模糊，日月都混淆了，在窗帘外混沌一片。她每天吃外卖，餐盒堆在走廊里，每次保洁来收拾，不太隔音的门外总会传来几句散碎言语，多是埋怨和显得笃定的猜测。总有同伴同事想听，来打发满身疲惫和逃不过的现实负累，要在别人的是非里让自己喘上一口气，定下一颗心。

听说了吗？刚打掉一个孩子。听说了吗？订了婚被人甩了。孩子不一定是谁的呢，不然怎么好端端的……估摸不是什么省事的，不然怎么好端端的……听说了吗？被人查出案底来了。可不是一般人……她们口音各异，来历各异，平常被生活折磨，只有这一点点小小的闲暇与趣味。她们聊后，感觉到一种放松，似乎力气又回来了，可以继续辛苦劳作。

贝雪在门的另一边听着。谁说的不重要，世上没有不透风的墙。那些曾经以为被剥离的过去，扑啦啦又飞到眼前，像越冬的蚊子，像烧不尽的野草，在四面墙里拥挤着，盛不下，钻进心肺肚囊，钻进刚清空的子房，沉甸甸地把人往黑暗里拖拽。坠下去，人便晕了，眼前蒙上了黑纱，再不见天日。这感觉如此熟悉，像身上某处不见人的伤疤，因别人看不到，自家总忍不住摩挲，连皮连血，疼到麻木，便以为痊愈了，却没看见被麻木掩盖的伤口正在长出细密的牙齿，等待某一天骤然发难。

都说过去的就过去了，时间能治愈一切。都是不知咸淡的便宜话，屁话，只有经历过才知道，没什么能真的过去，时间从来不是药，时间只是时间。

有人来敲门，贝雪听见了。敲了几下，隔着门说给你带了点吃的，说完走了。贝雪打开门，看见保温盒里的饺子和鸡汤。贝雪随手送给了保洁。"如果你们不嫌弃就拿去吃。"保洁接了过去，顺手扔进了垃圾箱。

4

贝雪记得她离开北京的那个晚上，天空印着一行足印。街上

101

人很多，出租车很少，几乎所有人都在观看旷世盛典。贝雪几乎要错过火车，还好，总算有人还记得生活比热闹重要。贝雪在停止检票前一分钟冲进了车站，在车门即将关闭的瞬间冲进了车厢。看似千惊万险，实则顺风顺水，好像这个城市也并不打算认真挽留她。

贝雪靠在车窗上，抬眼往上看，足印一个连着一个，活了。走出去还是走回来？看不出，出去和回来也许原本就分不开，如同终点和起点也许从来就是同一个地方。

车厢里人很少，售卖车经过，列车员懒得吆喝，看来并没指望做成一单半单生意。贝雪买了一碗泡面，想想又换成了啤酒。列车员很深地看了她一眼。贝雪继续扭头去看窗外，啤酒不够凉，酒淡如水，不管是庆贺还是离别，都索然无味。

后来贝雪知道，2008 年的这个夜晚被很多人铭记在脑海中，有些成就了辉煌，有些黯然谢幕，都是把之前几年十几年乃至几十年的老账翻出来检算了一遍，有些人继续走，有些人回了头。

2008 年，贝雪回到了阳城，回到了十年前曾经发誓再也不回的故乡。路程不远，只需要五小时。贝雪用五小时给那人编辑了一条短信，大意是祝你幸福，找到一个清白的姑娘，花好月圆。另：帮我告诉小耿，饺子我吃了，汤不错，我也喝了，饭盒我就不还了，谢谢。随后贝雪删除了号码，多好，彻底干净，一拍两散。贝雪把温热的啤酒灌进了喉咙，车窗外灯火连成虚无的线，贝雪因为不加遮掩的恶毒感觉到久违的快乐。

5

贝雪没对阳城抱有任何期待，所有关于这座城市的记忆还停留在十年前，混乱，喧哗，丰盈与匮乏并存，阳光在尘土飞扬中灿烂，人们环绕在虚假的热闹周围，用酒精或勤勉制造肥皂泡，今宵有酒，好人好报。现在看来，那些肆意张扬的青春更像是一场提前上演的祭奠，未来终将到来，以每个人都不太喜欢的方式。

城市终归是有变化的，高楼多了，路宽了，虽然依旧坑洼不平，需要随时修补。豪华到夸张的洗浴中心遍布大街小巷，里面充斥世界各地的神像图腾和标志，在冲浪水池中赤身裸体的人和狮身人面像、美杜莎及赫利俄斯穿越时空面面相觑，谁也不知谁心中所想。人是活的，荡涤污垢，擦干水珠，好像就可以和旧日的一切告别，重新启航。好吧，如此看来勉强可以解释说那些旧日往昔都被或狰狞或诡异的神吞噬了。

贝雪把整个身体埋在水面之下，与空气隔绝更有利于思考，可能脑电波感应到濒死危机，恨不得一次性把所有能量释放出来，所有以为已经忘怀的思绪一闪而过，又用一种从未有过的角度重新排列组合，据说很多作家用这种方式激发灵感。贝雪在水中沉溺良久，她在寻找一个答案，一个她从火车踏板迈下来时就盘旋在脑海中的问题的答案。

为什么回来？

故乡这个词被附加了过多的情感属性，总让人联想到温暖、欢愉、关爱，以及它们能带来的疗愈气息。阳城不是贝雪的故乡，她只是恰好在这里出生长大。这个城市对她没有任何纽带般的关联，这一点，等同于其他所有她从未涉足的地方，比如新疆，比如西宁，比如海口，她可以举出无数例子，感谢祖国地大物博，也感谢自己曾经喜欢过那个教地理的年轻男老师。但也有不同，因为陌生之处总还让人有点向往，也许去了之后会发现不过如此，但现在还有向往，这就够了。一个个向往串起来便是希望。人总要有点希望撑着，才能跋涉过百无聊赖的当下。

为什么回来？

买票的时候没做思考，上了火车也不知道终点意味着什么。现在更谈不上后悔，更多只是茫然。没有亲人，不，准确地说，有血缘关系的人都在这里，只是她和他们早就断了瓜葛。过往的一切简述成一句话，她是孤儿，父母早亡。亲缘本就淡薄，如果她足够争气的话，可能会有些许加成，可惜她不争气，作为小家庭的最后遗留，成了大家族的污点。淡薄的亲缘经不起消耗，不过须臾之间便已成陌路。好消息是，如此一来，她身上从没被赋予过太多期望，她可以活，可以死，但是一定要悄无声息，好让所谓亲人可以坦然面对可能有的询问，假装叹息，惋惜，恨铁不成钢。可惜她闹出了动静，给他们为之骄傲的清白档案上加上败兴的一笔，这简直让他们不可忍。

十年前，她敲开伯父家的门，见到的便是这种毫不遮掩的厌恶嫌弃，她想伯父看见家中的蟑螂和楼下的苍蝇，应该也是同一种表情。她强撑着开口，用自己嘴里吐出来的话堆积一点点不该有的希望。

"帮帮我。我被人欺负了。"她看着自己的脚尖，想想，又抬起头，看着门框上某块要掉落的墙皮。她用平静的语气说出乞求的话，自己并没察觉。

"你就作吧。"伯父吐出这四个字，一锤定音。伯父冷笑了一声，然后是沉默。沉默也是驱逐，他在等她转身离开。

她在那一刻明白，在他们眼中，她是所有错误的始作俑者，从出生开始便是错。她早该明白，只是有意淡忘了。实际上多年

104

前她听到他们聊天，那时父亲病重，他们来家里探望，说起从前，他们说若不是她出生，母亲不会难产而死，父亲也不会抑郁成疾，一切都是她的过错。他们为此感到惋惜。她在门外站着，手里捧着给客人洗好的水果，进退不得。她还是进了，眼里有些潮湿，开口的时候险些落泪，父亲看见，帮她解围。"天凉，感冒了吧？"她点点头，转身逃走。有时候她会想念父亲，因为自从他过世，这世界上再没人不求回报地帮她解围。

"把我爸留给我上学的钱还给我。"她坦然开口，自以为淡定，其实在尖叫。故意尖叫。平静的话说完了，听从了某人无意中的建议，最好有家长出面，哪怕是跟家里的长辈商量下，她才寻来。不是亲近到可以依靠，只是眼下的事大过天，掩盖了过往种种，比如对她是丧门星的评价，比如他们私吞了爸爸留下的钱。那钱爸爸死前说过有，但是没说数目，也没留下任何凭证，他们说没有。铁嘴钢牙，言之凿凿。她便只能当不存在。她不是不知道亲情淡漠，只是不知为何还会心存幻想。

幻想被现实轻易击碎，她只好反击。"我的钱呢？还给我！"她再开口，单纯是想给眼前的长辈添些恶心。

门在面前轰然关闭。她用拳头砸，用脚踢。门再打开，堂哥的巴掌落在她脸上。她几乎是畅快地叫："欺负一个孤儿，你们不得好死。"嘴角的血在脸上留下一道湿润的鲜艳的曲线。巴掌又落下来，她仰起脸来接着，表情振奋，那巴掌终还是轻了几分，让她的痛快少了几分。

从此她和所有血缘一刀两断。脸颊残留一些疼，心里却是轻松了，有些报复后的快感。因为隔壁两家邻居刚刚都开了门缝，应该也都扒在门边，都听了去。伯父总自诩是文化人，最要面子，现在面子里子都被撕得粉碎。已经没落的建筑设计院家属区，闲下来的人们最喜欢八卦是非和以讹传讹，何况有苦主来登门佐证。据说堂哥要结婚了，好事不出门，坏事传千里。就算眼下被忽略，可谁保得住天长日久不起纠葛？这就是她送给未来堂嫂的礼物，一个可以拿来说嘴的错处。堂哥心里隐隐明白，恐怕也疼着呢，比她疼。谁也别打算独善其身。真好。

所以，为什么回来？

忽然感觉到一阵眩晕，身体比思绪更早一步从水里挣扎出来，周三下午，偌大的冲浪浴池只她一个客人，人工制造的水浪在身体两侧分散又合拢。她透过水花奔涌出的湿漉漉的蒸汽，看到面前电视墙上正在播放一则美容医院的广告，一个熟悉又略显陌生的女人端坐在老板桌后，用精致雕琢的五官、妆容和语调诱惑潜在客户。

她说："足够美，才能足够幸福。足够美，才能得到一切。足够美，你就可以跟我一样，拥有全省最大的美容医院，旗下囊括了整个东三省乃至韩国最优秀的整容医生，可以实现全部梦想中的生活。"她抬起胳膊，状似无意地拨了一下并不乱的头发，露出手指上闪耀的钻戒和手腕上夺目的金表。她看着镜头，从容坚定，她把自己当成了别人的偶像：你们就该如我一样活着。

女人叫谈露露，十年前是终点酒吧的老板娘。现在的她确实比十年前更漂亮，或者说，现在的她更符合现在人的审美。她用紧绷的皮肤和发着光的额头试图引领整个城市的风尚。她更自信，整个人消瘦，却是夸张的、充沛的，目光灼灼，试图掌控或藐视一切。她在屏幕里面指点江山，对自己说的一切深信不疑。

贝雪在这一瞬间得到答案。回来，是要给完结的过往重新书写一个结局。

　　或者说，是从未完结的过往，是悬在头顶的一把锈剑，当断不断，必受其乱。乱的日子，过不下去。所以，她回来，是想找个办法把日子过下去。终点都是死，怎么活到死才是核心问题。

第三章

1

1998年的那个夜晚，贝雪在街边环抱着自己的时候，在泪水和夜色一起模糊了视线的时候，看见了一双黑色漆皮高跟鞋，一对修长健美的小腿，一条黑色紧身裙，一对丰满挺拔的乳房和它们之间深邃的暗影沟壑，以及拥有这一切的那张脸，是谈露露。她站在路灯下头，光晕笼罩，气势非常。

这并非她们第一次见面，终点酒吧瑰丽幽暗的灯光下，她们曾有过几次错肩。贝雪是客人，谈露露是老板，本该笑脸相迎，可惜贝雪这种穷酸女孩，消费少，占位子又久，也不是什么出众的美女，引不来金凤凰，笑脸自然省却了。她的笑脸要留给有用的人，每笑一次都要费尽心机揣摩出笑的力度，要恰到好处，要风情万种，要种瓜得瓜，种豆得豆。她笑起来有多累，所以一定要好好珍惜。这些都是谈露露内藏的心思，贝雪哪里能晓得？其实也是因为不在意，她本就不是心眼多的人，何况人家是老板，年轻貌美有钱，足够让她把自己放低，远观尊敬。

阿南说，谈老板以前是歌手，在南方跑场子，同台的都是现在电视上的大腕儿，有的还上了春节联欢晚会，万众瞩目。她本不输给谁，自觉台风唱功还要高人一筹，鲜花掌声和拿着合同追到后台的老板都不缺，只要落上白纸黑字，就可以进京，走上更大的舞台。可惜那会儿谈老板犯了很多女人都会犯的病，她恋爱了，或者说，她遇上了自以为今生再不会出现的唯一爱情了。恋爱中的女人最大的理想就是和情人双栖双宿、白头到老，唯一要务就是保证情人目光所及之处只有自己。其他都可以牺牲。这不奇怪，从古至今乃至更遥远的将来，估计总会有女人如此，一直如此。谈老板拒绝了一切邀约，傲慢冷漠，自恃有幸福一辈子的底气，坐等幻想中的完美爱情变成现实。现实是，机会不会敲第二次门，拿着合约的老板们也不怕找不到更好、更值得培养的瑰宝。沿海特区，浪潮澎湃，人尖扎堆涌来，唱念做打没有最好，只有更好。几乎转眼间，同台的伙伴功成名就，从夜总会一路唱到了舞台，参赛拿奖上春晚，又是一转眼，卡带卖出几百万上千万，大街小巷都是他们的声音。谈老板不识时务，错失了命运的垂青，只落下一个见不得光的女友身份。爱情打了折，砸在手里，又不能不要。

阿南给贝雪倒了一杯柠檬水，这是他为数不多的权限之一。另外一个权限是给每桌客人赠送一小碟花生，有时候是青豆，有几次是早市上常见的爆米花，全看库房里有什么，什么即将受潮过期。阿南说："请慢用。"

"为什么见不得光？"贝雪无聊，时间尚早，酒吧里只有两三

109

个客人，所以话题可以继续下去。

阿南弯腰探头，说她男朋友也是明星，体育明星。阿南抬起小臂轻轻比画了一下，应该是某种球类。他说："你懂吗？"

贝雪不太懂，但还是点了点头。与己无关的事，懂不懂都点头，这是一般人都会遵循的社交法则。

阿南说："听说他们管得特别严，都是要为国争光的。"阿南嘴角露出一丝讥笑。

戛然而止。

贝雪赶忙调动情绪，眼巴巴地看着阿南，表现出对下文的期待。阿南低头擦杯子，谈老板要求玻璃杯上不许留下任何水渍和指纹，被发现要扣钱。发现三次就要开除。一个月八百块，供吃住，不许请假，不许迟到早退，玻璃杯上不许留下指纹。其实跟贝雪是否捧场无关，是阿南自己忽然不想说了，说什么呢？个个光鲜，个个显赫，跟他有几层关系？他对着杯子哈气，对着光寻找指纹，然后用力擦去。贝雪想提醒他，这样更脏，口腔里的细菌和看不见的飞沫将把杯子当成培养基。可她没吭声，这跟她有几层关系？再说，光顾这里的人，有几个真的那么在意卫生和健康？一醉方休的身体是更大的培养基。

2

阿南老家在湘南一个没什么人听过的小镇。山穷水僻，很多年前匪患横行，倒是有种山野勇武的喧嚣，呼啸聚啸，人来人往。太平盛世，匪绝迹，落寞了，人们残留在血脉里的孔武随着时间的流逝变成一种戾气，对最亲的人发泄。

阿南的父亲一辈子引以为傲的是生在镇上，活在镇上，他父亲的父亲当过匪头，出生入死赚来了一间小院，门楣上曾经有雕刻的石龙石虎。后来被镇压，游街的时候高喊二十年后还是一条好汉，让还是孩童的他父亲在人群中缩紧了身子。他父亲的母亲不想家里再出一个被杀头的货，就把儿子送去了石匠家。父亲学徒多年，拥有一份谁也拿不走的石匠手艺，靠此安身立命。

在阿南的记忆中，父亲总是对出身农家的母亲横眉立目。母亲矮小，黝黑，低着头不言语，就算烧火做饭时，父亲的拳头落在她的脊梁上，她也没有半点隐含不满的停滞。好像早就不知道疼痛。母亲把饭菜端上桌后回到灶房，用凉水泡锅巴，下饭菜是已经酸臭的腌萝卜。母亲嘴里长年有一股酸臭的味道。父亲和他的朋友在院子里吃喝骂娘，他的骂是带着喜气的，为小镇居民以及石匠的身份沾沾自喜。手艺是一切，手艺是命根子。谁家能不盖房，谁家不用石匠？外头天翻地覆，靠本事有酒有肉。石匠边说边拍桌子，边拍桌子边跺脚，脚下的地是硬的，石桌是硬的，石匠的手臂是硬的。石匠以为自己可以硬一辈子。

阿南放学回来，有时躲避不及，便会被父亲踢上一脚。阿南窜进灶房，听见父亲在身后继续骂："妈的，瘦成豆芽菜，可惜了老子的种。"阿南不喜欢石匠，不喜欢和石头打交道，这简直就是忤逆。石匠也不喜欢阿南。可惜有国策，不喜欢就成了冲天的怨气和怒气。

父亲的朋友哄笑："是啊是啊，这娃儿像谁？"

阿南看着母亲在阴暗的灶间认真地挑拣腌萝卜，烂了三分之一的，烂了一半的，烂了三分之二的，都算还好的，都可以吃，先尽着烂得最多的吃，然后所有的排列下来，都成了烂得最多的。她专注的样子，像皇后挑选珍宝。阿南屏住呼吸，不光是因为气味，更是要强压下心里的恶心。

阿南小学毕业那年，父亲有了一个公开的情妇，这在小镇引发了轩然大波，毕竟刚刚进入九十年代，人们对新的一切都还持有观望和警觉的态度，比如个体户，比如挂着粉色灯箱的发廊，比如发廊里那个穿着短裙、踩着高跟鞋、抹着猩红嘴唇的女人，她说她从广州来，擅长最流行的烫发。人们撇撇嘴，眼白翻起，说，像吃了死孩子。小镇的女人不去烫发，发廊后来便开了暗门，常有一些面目模糊的男人进出。包括父亲。

没人会吃死孩子，但父亲会亲吻那张嘴。小镇很多人看见，在有月色的夜晚，不太黑的河边，父亲用打铁的手抚摸女人的腰肢，然后亲上了那张嘴。

父亲间接吃了死孩子。小镇陷入喑哑的狂欢，人们用窃窃私语表示出内心的沸腾。老人们说，到底是土匪的种，怎么可能真的安分？年轻人更热衷于打听各种不好言传的细节，石匠隐晦的得意，引发他们更加疯狂的猜测，喧闹了好几个无聊的夜晚。母亲居然有了朋友，邻居女人上门借盐还醋，询问腌萝卜的方法，她们的目光落在母亲脸上，寻找可以作为谈资的端倪。母亲仰起脸，平静如潭。邻居女人不甘心，用同情和怒其不争的口吻揭开窗户纸。"你怎么能忍下来？这日子你还没过够？"母亲低下头，一言不发。母亲看着逐渐烂掉的腌萝卜，好像这才是天底下唯一值得她关心的事。

这是阿南第一次感到怒不可遏，他看着母亲，期待母亲从腌菜缸里抬起头，拿起长年磨得锋利的菜刀，冲过去，就算不能砍死那个女人，至少也会保持住仅剩的尊严。可惜。阿南再次绝望。

绝望是因为某天父亲带了女人回来吃饭，在所有人的注视下，踩着石板路，一步步走进院子。父亲居然还大笑，居然还招呼满脸惊诧的左邻右舍，有空来家一起吃。父亲居然还揽着女人的腰，生怕她从门槛跌落。父亲用石匠坚硬的手臂恬不知耻地张扬着，全不顾母亲的面子和阿南的目光。

母亲端上了最拿手的酱血鸭，没防备阿南倒了一碗腌泡菜的臭汤汁进去。女人吃了一口，爆发出夸张的尖叫，咒骂出南腔北调的方言俚语。父亲用握石锤的手打断了阿南一根肋骨。母亲跪在地上，求女人原谅。父亲一脚踢开母亲，伸手去扶女人。女人躲到一边，冷笑夹杂咒骂，独自离开。门口已经站满了邻居，他们各自端着饭碗，吃得香甜。父亲低吼一声关上门，邻居散去，日子照样过。

阿南厌恶这一切，厌恶湘南夏天的闷热，空气沉重得像是一个罩子，扣在头上让人喘不过气。厌恶父母还在同一个屋檐下生活，同一张桌子上吃饭，同一张床铺上睡觉，好像什么都没发生过。初中毕业，他头也不回地离开了。

来到北方是无意无心。因为厌恶故乡，所以哪里都一样。但是凛冽的寒风和雪花给了他惊喜，鼻子里充斥的凉变成微微的痛，一切都是尖锐的、锋利的，让他整个人好像重新活了过来。于是留下，仗着年轻，机灵，很容易找到工作。要做多久，没想过。走，随时可以，也可能不会。

现在他不过是这里的一个服务员，出来进去的老板客人有时候会送上一个点头、一个笑脸，也不是真的认同尊重，只为展现自己的和善与修养。

妈的，他只是他们的道具和工具。有了他，他们的高贵傲慢才有了具体的落点，才能踏踏实实地表现出来。他想到那个女人，进了自家的院门，对自己微笑的样子。后来那女人离开了，人们猜测她会转战何方，没多久也忘了。

贝雪没再追问，谈露露依旧在酒吧里和那些看起来身家不凡的客人寒暄，和穿着专柜新款服装，肩挎LV（路易威登）的女人调笑。贝雪依旧偶尔看过去，心生一点小小的羡慕。不否认，在那个瞬间，她希望将来她可以活成这样。

3

贝雪从来没在谈露露的眼里。

除了现在。

贝雪还蹲在草丛里，她甚至更加瑟缩了，哪里来的妄想？觉得谈露露是带着善意而来。毕竟是江湖上摸爬滚打出来的，同为女人总该相怜呢，最不济，起码言不由衷的道歉应该有。贝雪就用低人一等的姿势等待怜悯。若不是太痛太怕，真不至于，后来贝雪无数次悔恨这一刻。

谈露露说："你想怎么样？"

贝雪撑着麻痹的腿站了起来，站不稳，踉跄一下。她希望自己听错了。

谈露露冷笑："你这样的小丫头我见多了，占不到便宜就要讹人，说吧，要多少？"

贝雪嘴唇半张着，满心的惊诧撑着，硬是闭不上。

谈露露说："那你好好想，想明白了咱们再聊。"

谈露露用九厘米的鞋跟踩出一路铿锵，路灯把她的身影拉长了，盖住了贝雪本不多的影子。看吧，连影子都欺负影子。

贝雪站在原地发抖，不知道自己是怎么一步步追上去的，脚步到底是不稳，追得潦草，兴许就是心里有个追的意图，腿脚并不听命。

一个推着手推车卖炸串的中年女人在她身边停下，用烟火熏烤后沙哑又温暖的语调说："姑娘，你怎么哭了，出什么事了？"

贝雪看到女人套袖上的暗色油渍和手背上深深浅浅的灼伤疤痕，这是经年累月的劳累与贫困才会留下的痕迹。女人说："姑娘，别怕，没有过不去的火焰山。"

女人从车上翻出一些粗糙的劣质卫生纸，递给贝雪。女人微笑着，憨厚里头含着慈悲，有那么一瞬间，贝雪想起了在慈恩寺大殿后头见到的观音菩萨。女人笑出了菩萨样。

贝雪此后再没遇见过这个卖炸串的中年女人，但她总会想起她。

贝雪后来见过很多和这个女人差不多的人，贫苦，被生活压榨，自己已经活得岌岌可危，总还不忘释放一些善意给别人。她们撑起了世间最后一丝良善。

后来贝雪看到一本书，书上说穷人帮助穷人，是在找更低的对照组来彰显自己的富足感。贝雪把书扔到一边。放屁！有人总会心存善良，比如那个嘴上不饶人但还是会一天天帮她续房的经理。不图什么，唯有心安。当然也有人天生只顾自己，比如谈露露，她们拼尽全力要争到点东西，哪怕会伤害到别人。她们不觉得是错，因为也不觉得那些是伤害，她们做了，若是成了，就会被人赞许为成功人士。

4

既来之，则安之。阳城，到底是个熟透了的地方。

贝雪走出洗浴中心，旁边正是一个新建的小区，硕大的罗马柱和喷水池边有两个穿着廉价西装的房产中介往每一个路人手中塞宣传单。他们看着宣传单被塞进垃圾桶，被扔到路边，被风吹走，被车轮卷起，他们继续塞，视若无睹。

　　贝雪接下传单，认真看，两个人站在一边，目光里透出一股欣慰和欣喜。这小区在铁西，建了两年，因为挨着卫工明渠，被对手放话说风水不好。卫工明渠曾经是出了名的臭水沟，虽然整治过，但总有一层不那么体面的过往。人们喜欢听信谣言，若这里面再沾染上一点形而上的神鬼说，便更深信不疑。这让房地产公司颇为头疼，只能加大力度让手下人去推销，希望能增加一些人气。

　　"姐，这房子特别好，户型好，公摊小，小区绿化好，周边配套也好。学校、医院、商场，应有尽有。"

　　贝雪笑笑，她只租不买，两人眼里的光暗了一半。贝雪说："要长租。"光又长了几分。"不过按月付租金。"光再降几分。可以看出两人的心率和血压这会儿也像过山车一样了。

　　其中一个年长些的把失望转成表情上的为难。没开口，只是发出"哧""哧"的短叹。贝雪不想难为谁，作势要走，年轻的圆脸大眼男孩一把扯住了她的衣袖。三人都觉不妥。男孩烫了样地松开手，满脸通红，但还是挣扎着把话说出口。

　　"我们最短租期是三个月，其实公司要求半年。押一付三。中介费可以给你打个折扣。我们在做活动。其实这小区很好，住的都是旁边建工大学的老师，高级知识分子，素质很好，房子很新，家具家电都全。押一付三。"

　　贝雪笑了，带着些戏谑说："押一付一，住得好了，下次我一次性交一年房租。"这话是骗人的，说的听的都知道。

男孩眨巴眨巴眼睛，看着年长的男人，男人不吭气，再好的伙伴也有一层竞争关系在。何况他们久没开张。男人想的是孩子的学费、老娘的药费，想的是莫不如改行吧，开黑车也不错。

男孩决定最后努力一次。"包你满意。押一付三，我们帮你搬家，免费。"

贝雪再次转身。

男孩妥协了，贝雪走出几步后，听见后面的人怯生生又急切切地呼唤："姐……看看，先看看。"

房子没见得多好，只有一床一桌一衣柜，家电是少了遥控器的彩电，一个从旧酒店淘来的小冰箱，一个不知道还能不能转的立式风扇。略空旷，显出了整洁。"押一付一。"贝雪笃定，不容反驳。男孩看到贝雪眼里对房间的挑剔，只好点头。贝雪知了足。不管怎么说，先给自己弄一个安身立命的地方。不是家，但总要有个窝，可以喘息，可以谋算。要争朝夕，也要从长计议。

一个月。贝雪从大眼男孩手里接过钥匙，心里给自己设定了一个期限。男孩离开前说："姐，我叫常赢，输赢的赢。以后有什么需要，你随时叫我。合同上有我的手机号。"

常赢又说："姐，这是我成的第一个单，你是我的贵人，不然这个月月底，我就要被开除了。所以你有什么需要，随时叫我，千万别客气。"

贝雪哑然，不过是被人嫌弃的小单，甲之蜜糖，乙之砒霜。只因为常赢太过单纯。也好，总要被生活拷打几次，才能狠下心黑下脸，谓之成长。

关上门，贝雪把行李箱摊开，几件衣服挂起来，两双鞋摆好，若是要住下，还要添置很多东西，日子就是被这很多很多的琐碎凌乱事物堆积起来的，少一样都举步维艰。索性不管，索性闭上眼睛，把整个身体瘫在床上，床垫应该是新的，至少也有八九成新，有足够的弹力，支撑住四肢百骸。这让贝雪舒服了几分。

舒服的时候，脑子空了些，漫天的人和事便从虚空中砸了下来，把人往深渊里砸下去。深渊无底。

5

1998 年的贝雪作为受害人，不知怎的陷入了四面楚歌。

谈露露只出现过那一次，此后便了无踪迹，好像所有事情都与她无关。贝雪被二哥约到高登酒店一楼咖啡店的时候，还不知道二哥是来当说客的。

二哥姓陈，离异，四十岁出头，胖，却不显敦厚，许是胖脸上的油光给人一种油滑的感觉。过于凌厉的目光和不时敲打桌面的手指带出了对此事的无可奈何，也表明了自己不想过度参与的立场，无奈，人在江湖，身不由己。二哥的胖脸上因此露出了些许疲惫。要管的闲事太多，总被需要着，疲惫就成了一种炫耀。

"贝雪啊，听二哥一句劝，要不就算了。不是啥也没发生吗？干吗这么轴？撤案。人家说了，赔钱，五千块。确实不多，妈的，打发要饭的呢？拿咱妹妹当啥？咱们也不是没吃过没见过。我做主，一万。他们不给，我给。妹妹受了大委屈了，回头咱们去新世界，你想要啥，跟二哥说。"

贝雪看着咖啡，渐凉，愈苦。二哥是干什么的？不知道，好像什么都做，又好像什么都不做。混社会。二哥和跟他一样的人都有这样一个名头：混的。他们自豪于这份坦然和江湖气。在纷乱的动荡的城市里，混，代表了不可估量的能量，也代表了男人需要的身份、地位、面子，起码所有人都清楚——他们不好惹。

二哥有自己的主意和底气，没想过会迎接沉默，只不过是个女流，没背景没身份，给脸不要？他接不住，脸上也挂不住了，言语间就带出了些贝雪不知好歹的意思。

"一万不少了，顶你大半年工资呢。把你怎么了？不是啥事也没有吗？那个王八蛋一时糊涂，肯定被开除。他老家哪儿的？四川？湖南？滚回去。走之前哥哥找人好好教训他一顿。腿给他掰折，必须让你出气。"

这样还不行？这样总够了吧。杀人不过头点地，知进退才能活得久。这些话没出口，写在脸上，写在目光里，写在鼻子喷出来的气息间。但凡懂事的，都能看懂，都该点头。二哥的江湖规矩也是他的生存法门。凭什么贝雪不接受？

贝雪把方糖放进咖啡杯，看着它一点点溶化，缩小，一点点被杯底残留的咖啡浸染，污成不那么干净的褐色。

"你以为人家是好惹的？"二哥愈加不耐烦了，牌局等着呢，酒局等着呢，还有其他闲事呢。说不定就能谈成一笔什么买卖，说不定一下就能进些钱，至少可以找到几个新的进钱的门道，认识个把好使的人。有了钱，有了人脉，再去跟兄弟们盘道，跟着去做超市、工程乃至开发的生意。你知道哪块云彩下雨？跟个不懂事的丫头浪费时间，真是，你以为你浪费的仅仅是一杯咖啡的时间？你浪费的有可能是一段辉煌的未来。做人不能太好心。跟他有什么关系？吊脸子给他看？谁敢？没人敢。就连嘉阳商场的刘老板，那个连市长见了都要笑着的大人物，见了二哥，一样要好鼻子好眼睛好声气。奶奶的，在这儿吃瘪。二哥手指敲打出凌乱急促的节奏，催着别人，烦着自己。说话便更直接了。

"能开酒吧的哪个是善男信女？都有后台，有人罩着。你有什么？"

二哥戳到了贝雪最不能被触碰的软肋。谁都有不能被人提及的地方，提了，就是生死冤仇。之前再怎么热络亲近，一下也生疏了。胖脸，油汗，肚腩，都成了扎进眼里的刺。曾经的好，有过好吗？不外乎一起吃饭喝酒，不外乎看着他们打牌。不外乎帮他的朋友，朋友的朋友看病挂号扎点滴，行点不费劲的方便，然后从他手里接过一瓶香奈儿香水、一盒迪奥粉饼。这种好，谁缺呢？

哦，原来本就没情义可言，原来在彼此眼里，不过是交换和利用的关系。且还要被人看低一层，她以为是交换，他只看成利用，在他的人脉图表里，最低一层级的利用。

贝雪站起身，用足够大的声音掩盖内里的虚与怯，用足够大的声音宣泄愤怒。"二哥你可真说对了。我是什么都没有，可光脚的不怕穿鞋的。我凭什么不能给自己讨个说法？他们凭什么白欺负人？"

二哥笑了，像看到好玩的猴戏，看猴子为摘不到的镜花水月苦心竭力。

"什么是说法？事情闹大了，人家无所谓，倒霉的是你啊，我的傻妹妹。"二哥也都想起来了，这个傻妹妹之前半夜翘班跑出来，给他和他的朋友们倒酒陪聊。这个傻妹妹休班的时候跟着他和他的朋友们喝酒跳舞打麻将。那会儿他说："贝雪你放心，以后谁敢欺负你，我给你出头。"这个傻丫头怕不是当了真？二哥忽然觉得有些愧疚，随口一说的话被看重，多少还是有些触动的。

心到了，话又软了。"贝雪，你琢磨琢磨，以后你还要在这儿混呢。找对象，结婚。干吗给自己添这个麻烦？二哥保证，你退一步，将来咱们找机会再说。"

二哥都被自己感动了，多么坦诚，多么为别人着想，雷锋也不过如此吧？要说还是得混，不然怎么知道雨寒风凉？

因为话里这点掏心的暖，贝雪觉得从头到脚都冷，没人关照的，最吃不住关心，强撑的硬气瞬间倾泻，不该流眼泪，还是流了满脸。

"反正……我不……"贝雪低下头，缩在沙发里，喃喃开口。其实是带着点恳求的，她想寻找一个同伴，哪怕仅仅是言语上支持，也是好的。

好吧，话已至此，多说无益。外头阳光那么好，牌局都等不及了吧。二哥走了，扔下五十块，结账。二哥就算走，也是体面的，让谁都挑不出理来。

贝雪脸上的泪干了，松了一口气，不知道前路如何，总要一步步走过去吧。

6

贝雪怎么也没想到，急诊主任亲自出马了。

主任姓车，高大，有些驼背，平日里以和气著称。不是很忙的时候，主任也和手下的医生护士开些无伤大雅的玩笑。护士们知情识趣，私下里叫主任车老爹，不知是谁第一个叫出来的。反正叫的和听的皆大欢喜。车主任自己没孩子，据说老婆当年怀着孕还要跟着医疗队送医下乡，在路上颠簸坏了。车主任和老婆过了一辈子二人世界。寂淡，无趣，幸好还有身边的一群年轻人围着绕着。兴许他真把她们当成了孩子。兴许他总会琢磨，若是那个孩子还在，也应该到这个年纪了，如花似玉。在他的想象里，所有的兴许都和贝雪无关。车主任泾渭分明，在他的脑海里，贝雪只是科室里的一个护士，一个员工，没能力，倒是有招惹是非的本事，跟社会上不三不四的人走得那么近，早晚惹出事来。若是依着他，一早就给她换了科室，可惜没人要。只能先忍着，想想好处，也有好处，比如那些人总要到急诊室办些事，打架要包扎，家属感冒要免处置费，都扔给她，也保了其他的好姑娘。车主任一番苦心，没半点不妥。

果真，闹出了是非。有人找到院长，院长找到了车主任。"是你手下的人，你出面做做工作。也是为了医院的名声考虑。"车主任不能不答应，他还想让院长签字，给急诊室添加一些新设备呢。

院长说的是做工作，那就不能拿出主任的架子，不能批评。只能把员工当成其他护士，把自己当成车老爹，贝雪的车老爹，这样掏心掏肺，总该不负重托。

现在，车老爹让贝雪坐在值班室的床上。车老爹给了贝雪一瓶可乐。车老爹抓了一把金币巧克力塞在贝雪手里。都是家属送来的，礼物小，暖人心。

车老爹说："孩子啊，你怎么这么糊涂呢？"

车老爹的话里有长辈的温存和一点恨铁不成钢，他怕贝雪听不明白，干脆说出来。

"你这么年轻，工作我们都看在眼里，嘴一份手一份，没的说。好好干，将来有前途。

"你别以为自己一个人，没人关心就放任自流。一个人更要自尊自强，要努力，要勤奋，要争气。不为别的，就为自己，为将来。"

这才是贴心的长辈能说出来的话。贝雪手里的巧克力因为手心的温热一点点融化，心也一点点软了下来。车主任说的都对，确实是在为自己好。虽然话里有些责备的意思，也是责备求全呢。

贝雪把头抬起来。"车老爹，我知道我不对，我也想了，以后我改。这次，他也要付出代价。"

贝雪的话没错，她觉得没错。一个人生活久了，其他的道理可能懵懂，但有一条是笃定的，就是人都要为自己的行为负责。成年人，有行为能力的自然人，能够出来打工赚钱的活人，没有任何理由和借口蒙混过关。

车老爹猛地站起身，遮挡住了窗口倾泻进来的阳光，脸色沉了，成车主任了。车主任把贝雪笼罩在阴影下。

"女孩子，名声最要紧，不光是你的名声，还有医院的名声。你怎么这么糊涂?!"

贝雪愣住了，糊涂的不是做了错事的人吗？怎么她倒被责怪？有些话心里想着，嘴上说不出口，哽在喉咙里，上不去下不来。

车主任见贝雪沉默，又成了车老爹。"听老爹的，你还年轻，很多事说过去就过去了。别折腾了，把心思放在工作上。以后我也要看着你，半夜跑出去泡酒吧，多危险？也怪我，往常太放纵你们了。从今天开始，夜班不许睡觉，不许外出，听见了没有？有时间多看看书，跟你一批来院里的，都在准备念个大专，将来评职称也好办些。你就想这样混一辈子？你这样对得起谁？"

这话又成了指责了。义正词严，不容辩驳。贝雪在阴影处一点点冷下心肠，沉默，坚定。凭什么要"坐牢"的是她？

车主任见到了她的神色，于是知道无可挽回了。

"主任，没有别的事，我就去工作了。反正我已经报警了，到底怎么处理，我说了不算，总要听警察的。我觉得我现在这样挺好的，混一辈子也不错。"

门在背后关上的时候，贝雪脸上闪现出一丝冷笑，又被瞬间隐藏，因为她忽然觉得，熟悉的走廊，熟悉的消毒水味道，熟悉的同事，其实都是极为陌生的。没谁在乎谁，可是又不肯放过可资消遣的丑闻。

7

贝雪不知道自己是什么时候睡着的，醒来发现天已经黑透了。街灯、霓虹灯、车灯，把黑透的天又映照出光亮来，这光是迷幻的，带着点似醉非醉的样子，像十年前酒吧里的灯光。看吧，十年了，什么都变了，什么都没变。

贝雪走出出租屋，走在八月的阳城街头，热和凉在空气中交锋纠缠，偶尔路过某家店铺，总能看见如火如荼的比赛画面。主持人说，比赛进行得如火如荼，健儿们奋力拼搏，他们过五关斩六将，他们在为国家而战，他们也要为自己而战。

第四章

1

2008年的何毅在一家叫北国之星的夜总会做保安经理。说是夜总会，其实说小了。煞有介事，以退为进。不知道的以为是张扬，其实是谦虚。北国之星不光有夜总会，还有洗浴中心，还有KTV，还有酒店，还有一个不算大也不算小的高尔夫球场。后厨能烹制辽鲁川粤的各地美食和登堂入室的法餐，焗蜗牛算是一绝，更绝的是牛排、龙虾。穿着红马甲、黑西裤的服务员都会说上几句不太正宗的英语，穿着白色公主裙的公主都有修长如天鹅的脖颈。她们半跪在大理石茶几前的蒲团上，低头倒酒，低头整理餐具，低头笑，客人看见的便是这样一个脖颈，白皙，光滑，线条柔美含蓄，把挑逗和勾引都暗藏在楚楚衣冠里，不动声色，波澜起伏，就算终了时有客人按捺不住索要手机号，也无伤全程大雅。

可是人们还是把它叫成夜总会，啥都有，不是"总会"是什么？这样一来其他的夜总会只能降一格，统称为场子。场子是找乐子的，夜总会则是享受的。场子充斥着廉价低俗之物，任何人花几个钱都可以得到。夜总会却是彰显身份的，它用超过一般人想象的贵，将一般人挡在门外。简单来说，夜总会是足以对人夸耀的，甚至是努力的目标，是成功的标尺，是一旦谈论起来，都要瞪大眼睛表示出向往的。

人们都忘了，十年前这里还是一片废弃的工厂，铁西数一数二的大厂，破产倒闭也是惊天动地的，工人上访，家属上吊，厂长被上级领导部门扣押调查，因有倒卖国有资产的嫌疑。嫌疑落实了，又连累了一批机关干部，甚至有个副市长打算连夜出逃，被截留在机场。动静闹得太大了，摊子烂到底，反倒好收拾。上面派下工作组，雷厉风行，该许诺许诺，该制裁制裁，未来会很美好，暂时要过难关。工人们在听到"从头再来"的时候，知道大势已去。副市长都被"双规"了，他们还能怎么样呢？

厂彻底荒废了，搬不走的机器生了锈，院子里长了杂草，有黄鼠狼和刺猬游荡其中。无人问津，无人敢问津，怕被牵扯到说不清道不明的事件里头去。据说公安厅还在持续调查。

好在总有胆大的，时势和英雄相辅相成，缺了谁，世界都不是这个世界了。

英雄来自海外，姓魏，后来又说不是，本就是阳城人，之前在区里某局做科长，后到南方经商，换了国籍。据说被市长亲自邀请到迎宾馆开会，据说会上被殷切寄托了厚望，投资建设发展共赢，关于阳城美好未来的画卷上该有这样一笔。当然市长和他代表的整个领导层会给予最好的条件和最大力的协助，他们流露出了得体的礼贤下士、平易近人，足够了，若还不够，那便不是识时务的英雄了。魏英雄开了口，他早就看中了这块地。做什么？做一个服务体。是了，所有参与过那次会议的人，看过会议记录的人都对这个词记忆犹新。服务体。新鲜又踏实。为高速发展的经济服务，为让经济高速发展的人们服务。市长感慨了，感动了，几乎热泪盈眶，这一笔也被忠实地记录下来。

又过了几年，人们看见了璀璨巨大的北国之星。人们惊呆了，因为惊呆，他们对此地多了几分崇敬，也多了几分鄙夷。崇敬和鄙夷也相辅相成。人们开始猜测、腹诽，左不过是有人中饱私囊，有人伤天害理。这里面多了很多想象，好在不过是想象，阻挡不了店门前每天车水马龙。人们转而开始愤恨，恨自己吧，怎么就没能争气，成为那样的人？接下来便是踏踏实实的向往了，接受了差距，特别是无法逾越的差距，人总会踏实下来。向往美好的生活不丢人，向往也是希望，希望总是好的。

北国之星就这样成为阳城最高档、最豪华、最美好的地方。

现在何毅躺在这好地方停车场后的三层职工宿舍里，经理级，单人间，房间里配上了冰箱、电视、沙发、热水器，还有一张舒服的双人床，床品也是统一配备的，虽然来自五爱市场，但躺上去柔软顺滑，想必质量过硬。何毅尽量让自己躺成心满意足的姿态。

说来大部分时间何毅是满足的，三年前他还在中街大舞台门前烤羊肉串，烟熏火燎，声嘶力竭，指甲缝里总有洗不干净的孜然味，鼻子里灌满了劣质辣椒粉散发的焗香，和顾客吵架、动手，和城管吵架、动手，和爸妈吵架，吵到半夜里爬起来要灌下半瓶白酒才能继续睡着，梦里继续吵架，把没动好的手补上。昏天黑地，晕头晕脑。醒了更累。累到厌弃一切，又要周而复始，哪里想到还有今天？一切都是凑巧。凑巧有天收了摊，看见几个醉汉和一个男人撕扯，凑巧被醉汉踩了脚骂了娘，凑巧心烦手痒无处发泄，凑巧解了男人的围。凑巧他下手够狠，有点发泄怨气的意思在，让男人赞叹。这男人便是魏英雄，扔下一张名片，说可以答应他一个要求。名片上印着金光闪闪的星星——北国之星。他无心，脱口而出："老板，还招人吗？"

于是便有了今天。西装穿着，名牌别着，偌大的北国之星，走到哪里都有人点头恭敬招呼："何经理好。"都知道他是通过老板的关系特招的，其他经理至少都是大学毕业，有酒店管理经验。何毅有什么呢？有人眼见他面对一个老外时的无措。于是他们更恭敬了。面对人的笑颜，何毅有时候也笑笑，大部分时候不笑，微微点头，轻到可能只有自己知道自己是点了头的。那有什么关系？反正他要树立威严，要他们想犯错的时候多一层犹豫。这样足够了。保安保安，外保内安，何毅给自己的职位定下了这四字基调，也让每个手下的保安都牢记在心，保证外人不来闹事，保证员工安心做事。老板再没出现，但老板助理说，何经理，你非常棒。助理说完递给何毅一部新手机，以资奖励。老板就是这点好，表扬总会落在实处。所以，还有什么不满足？

够了。何毅躺着，半睡半醒的，用满足和满意来支撑疲惫的身体。确实疲惫。昨夜 KTV 有个公主在收拾桌上零乱物件的当口顺手拿了客人的手表，然后明晃晃地从大门口打车离开。客人当然恼火，吵着要报警。主任急忙进房安抚，满脸堆笑，跪在地上喊爸爸，把酒瓶子插在乳沟里对瓶吹。三瓶酒灌下去，最后半瓶喷出来，口吐"白沫"，地板上一片狼藉。客人终于动容，答应只要拿回东西，便可既往不咎。主任转过头对他说："何经理，何大

128

哥，何爷爷，赶紧想办法啊。"

主任找不到出了旋转门的公主，名字、住址都是假的，身份证是在文艺路复印店办的，一百块保证以假乱真，两百块可以弄个名牌大学的毕业证。手机号倒是有，可人已经打算跑，干吗还要接电话？"所以，何经理，全靠你了。"主任不忘飞一个眼风，何毅表情淡漠，主任识趣，目光纯净到只剩下哀求。

有人觉得是难处，就会有人觉得是容易的。调监控，按车牌索骥找到出租车司机，所有在北国之星门口等活的司机都要在保安部登记造册，这是何毅定下的规矩，可以不遵守，别在这里赚钱就好了。何毅从来不喜欢勉强谁，都是出来混口饭吃，仗势欺人的事少干为妙。出租车司机们自然知道这里出入的客人总是大方，小姐也大方，车费要翻番给，抢着给，经常有人拉开车门扔进来一百块，唯一要求是把喝醉的朋友送到家门口。这要求不过分，一百块有大半都算是小费呢。不过是登记车牌号，有什么不可？何毅照着名单上的电话打过去，司机正在赶回来的路上，北国之星的活足够干一晚上，司机急三火四，怕丢了大单，无心敷衍耽搁，答案脱口而出。

"不远，北二路万科星园。"

小贼有了下落。何毅带着人扑了过去。到底是做过协警，到了小区先找物业，盘一盘共同的熟人，看一眼人家的监控，哪栋楼哪单元几楼几号一清二楚。再往里走，便交代好谁敲门谁守楼梯，必须一击即中。

人赃俱获。比想象中还要顺利。只是没想到多了一层枝节，进门的时候，应该说是女孩主动开的门，女孩是想往外逃呢，开门的时候喊，杀人啦，救命啊。何毅看见女孩脖颈上的指痕，那被很多人赞美艳羡的脖颈。

女孩的男友站在白炽灯下头，脸上没点血色，眼神里钻出冰箭，站着，不管不顾，无所畏惧。男友说："你们是什么人？你们凭什么管我的事？滚出去，不然我报警了。"说完嘴角抽搐了一下，旁人许看不出来，何毅进门的瞬间就明白了，地上躺着的注射器和男孩的脸把一切真相都说出来了。不用审问，自有答案。报警？恐怕就算把手机塞到他手里，他也没胆子按下那三个数字。

何毅看着女孩，他不记得曾经在北国之星见过她。公主们都差不多，化着浓妆，穿着公主裙或者学生制服，赶上节日，也会穿海魂衫和超短裙，店庆时穿婚纱，一店新娘，等着四面八方的新郎。几百个公主装在类似的衣服里，走着类似的步子，说着类似的话，露出类似的引人入胜的天鹅颈。似是而非。

现在女孩把他当成了救命稻草，抓着他的衣袖，声音从发抖的舌尖滚出来："何经理，救救我。"

"东西呢？"

"没……没了。"

女孩低下头，眼泪乱滚，不知真假。

何毅把她的手指拿开了，心里有些懊恼，晚了一步，女孩说表已经被前面来要债的人收走了。男友打女孩，下死手，是想要更多。不然明天怎么办？万箭穿心怎么熬？女孩预知了更深的危险，确定了长久以来的预感，这是个填不满的无底洞，于是选择夺路而逃。

女孩说："何经理，求求你，救救我。"

女孩的妆花了，泪水混合了睫毛膏、眼线液，在脸上画出两条黑线，脏污，混乱，惹人心烦。真假也不重要了。

何毅叹口气，今天求他的人未免多了些。叹气是因为厌恶，绝对不是怜惜。何毅明白，这样的女孩都不值得怜惜，她们用青春，用身体，用爸妈给的好脖颈换钱——实实在在的真金白银，然后又用这钱去换人，油头粉面的男孩，衣冠楚楚的男孩，他们宣称真心实意，她们就信了。心甘情愿，自甘下贱。他们哪里有真心？何毅不止一次看见他们站在北国之星的大门外，在某棵泄露出斑点星光的树下，面带不屑和轻佻，互相攀比，谁的女朋友一晚上赚得最多，谁能得到更昂贵的礼物。有人拔了头筹："她还要送我一辆车呢。"他们说完一起笑，烟头明明暗暗，无法把他们的嘴脸曝光。救救她？他能救得了谁？他是个屁。

总还要有个交代。不是为了主任，也不是为了女孩，就算是为了老板，为了北国之星的声誉。这是他的职责所在。女孩自然是要带走的，何毅站着，让她收拾自己的东西。女孩惊喜，手忙脚乱地往行李箱里装衣服和化妆品，零碎又没用，确实没什么脑子。何毅又想叹气。女孩倒是不哭了，不管前路如何，先脱离了这虎口。

2

何毅亲自请来老板助理，亲自陪着老板助理往包间送了一瓶XO①，亲自端起酒杯，一饮而尽。免单是一定的，贵宾卡也要奉上。女孩按照事先布置好的剧本，跪下求饶，自抽嘴巴，写下欠条，按了血指印，说一个月内一定归还，然后被等在门口的两个保安送到保安部等候最终发落。

---

① "Extra old"的简称，指的是在木桶中存放 40—75 年以上的，最上乘的白兰地酒。

客人到底出了半口气，还有半口，如鲠在喉。这半口事关颜面。一桌子人，他不是主人，也不是主宾，只是被请来给主人添身价的。他本不算什么，可供职的衙门有实权，开发区管理处，虽然只是个副科长。那又怎么了？照样有资格拒绝很多找上门的生意人，只要他轻轻摇晃一下手指，那些人脸上就变颜变色。凭什么在这里吃了瘪受了屈？他从不出来彰显身份、耀武扬威是他低调厚道，可不代表他没有脾气。这脾气也不是一天两天了，也跟这店里从上到下向钱看，见人下菜碟有关。堂堂的平易近人的副科长，总因此感觉受到了冷落。他很想发泄一次。当然，也是因为喝了酒，所有情绪膨胀成怪兽，顺着血管攀爬。"公主道个歉就想了事？公主是个什么都不懂的小女孩，可你们呢？你们一个个人模狗样的，又是经理又是总监，难不成也不懂人事？说到底，就是店大欺客。北国之星再张扬，也是要受有关部门管束的吧？要不就请公安消防税务一起来查查。再不就把真的老板请出来，大家好好聊一下管理之道。"客人越说脸越红，老板助理渐渐扛不住了。也知道客人不会当真，不过是撒个气消消气，可到底是老板助理，一人之下的，到底每天要迎来送往，靠的也是几分颜面，哪里能如此被人教训？

何毅没多话，表情跟酒桶里的冰块一样，他用手指蘸着冰块融化的水，在桌上写下一行数字，客人的座驾车牌号，客人愣了。这车从没在北国之星出现过，客人也从没想过有人知道，怎么能想到呢？为了外保内安，何毅总会把常客的来历查个清清楚楚，以防万一。如现在一样的万一。何毅写完，顺手拂去，了无痕迹。客人的半口气便也顺了。不至于为了半口气毁了前途。人人都可以当演员，嬉笑怒骂全凭需求。

老板助理再开口，大家都满面春风了。多一事不如少一事。"常来常往，大家可以做朋友。来，多喝几杯。"主任有千里眼、顺风耳，早等在门口，寻了一个最妥帖的时机带了新的公主进来，最好的公主，个个面若桃花，巧笑嫣然，个个有天鹅一样的脖颈。酒还要继续上，最好的酒，店里做东，宾主尽欢。

何毅半路溜出来，回到办公室，女孩还在哭，应该是眼泪一直都没停，眼睛肿了，脸上倒是干净的，怕是中间梳洗过。已经悲伤成这样还有余力整理自身，妄图得到一星半点垂怜。这样的人会永远活下去。可何毅心里冷笑，把他当成什么了？女孩低眉顺眼，话音颤抖："是他逼我的，应该让他来赔。"

"不是我的错，你们凭什么审我？"

何毅忽然愣了，脑海中突然闪过这样一句话。很久很久之前听到的话。久到偶尔想起便怀疑真假。

不知不觉，天亮了。阳光从黑暗中撕开一道口子，慢悠悠地钻进来，在地面蜿蜒爬行，何毅忽然觉得有些说不出地累。速战速决。

"你叫什么？"

"阿音……刘小樱。"

"好，从现在开始，在还清欠款之前，不许离开店里。听明白了吗？钱还完了，不许你留在阳城。听懂了吗？能做到吗？不能？为什么？身份证和照片在他手里。你还让他拍了照片？长脑子了吗？好，我会帮你拿回来。现在告诉我，我要求的你能做到吗？"

阿音开始不懂，瞬间懂了，这简直是天大的好消息。从此再不会被人骚扰逼迫，从此可以自由自在。换个城市，哪里不需要漂亮女孩呢？没人认识，她可以从头再来。哪怕这个"从此"是在一个月后，也是近在眼前。阿音点头如捣蒜，脸上的泪没了，阳光爬了上去，把笑容映照得灿烂了。

何毅厌恶这种笑容，厌恶她的没心没肺，给点甜头、给点希望就能活下去的贱样，注定好了伤疤忘了疼，因为她从不把伤疤当回事，注定还会在同样的地方摔同样的跟头。她们都不像她。何毅什么都不想说，打发走了女孩，回到宿舍灌下半瓶白酒，睡了个天长地久。起码在睡梦中，他不用管自己是不是真的知足。在睡梦中，他清醒地确定他不喜欢这里。不喜欢被汹涌的欲望和金钱淹没的人，不喜欢人们在汹涌的欲望和金钱汇聚的潮水中挣扎的样子，不喜欢他们和她们真诚的贪婪和虚假的热爱。他们没有笃定的对错，随遇而安，还自诩为聪明。他真的不喜欢。

可惜，睡梦中，何毅并不知道自己喜欢什么，或者在生活的压制下，喜欢或者不喜欢，一点都不重要。

3

何毅从宿舍起身来到大厅的时候，喷水池边偌大的天使钟正好敲了十下，门外夜色浓郁，天使的翅膀在钟声中慢慢张开，白色的羽毛上有灯光映照的白色斑点，像传说中的圣光。让人们在第一时间便知道自己已经不在人间。对，门外的世界和门里的有何相干？非要混为一谈是自找不痛快。

旋转门两边站着四个穿着高开衩红旗袍的迎宾女孩，她们用刻板又清脆的声音说："欢迎光临。"贝雪从她们中间走过，看见旗袍下笔直细长的大腿，这是无论站在什么地方都可以赚钱的大腿，不知道谈露露能不能让她那些专家医生做出这样一双腿。

贝雪一路走到何毅面前，说："好久不见。"

何毅用了自以为漫长的时间想起眼前这个女人，十年前他们见过，在派出所方方正正的审讯室，他看着她冷漠淡然地回答每一个问题。她说："我怎么知道？你们应该去问他。"

何毅不知道自己脸上挂上了莫名的笑意，说："是啊，好久不见。"

4

1998年，何毅当兵回来，在派出所当协警。老爹那会儿还在，虽然是个破产街道工厂的前厂长，多少也还有点人脉，起码跟居委会和管片派出所都保持了良好的关系。他保证何毅努力工作后可以转正，成为一名光荣的人民警察。何毅不在乎是否光荣，但对制服多少还有些亲近。"好好干。"老爹一边喝酒一边絮絮叨叨，"好好干，一辈子的铁饭碗。"

何毅参与的第一个案子，遇见的第一个受害人就是贝雪。他记得那天第一眼看见她，是在医院急诊的洗胃间。她刚被催吐过，脸色惨白，头发一缕缕搭在额前，白衬衫和水墨蓝牛仔裤上都有污渍，鞋子一只挂在脚上，一只踢到了墙角，鞋面上也有吐出来的秽物。样子这样不堪，她脸上居然没有一丝表情。好像刚刚报警的不是她，吐得昏天黑地的不是她，被人下了药的也不是她。她抬起眼睛，眼白上充斥着血丝，目光冷漠，落在他和郭松身上——郭松是所里负责刑事案件的警察，也是他的直属领导，是副所长，最后落在了他身上。有些人能一眼分辨出对自己最有利的人。她说："他们要迷奸我。"

她的语气和目光一样冷，好像在说别人的事。一件跟她无关，她也并没那么在乎的事。

后来何毅想，贝雪这个案子从开头就错了。她不该自己跑去医院洗胃，他和郭松去的时候，护士已经处理了所有洗出来的胃内容物。若按照正规程序，这些都应该算作证据，交给法医进行检验。虽然后来阿南承认是他在中街地摊上花十块钱买了"逍遥丸"，下在了贝雪喝的那瓶喜力里面，可转眼又翻供，宣称自己绝对无辜。各执一词，孰是孰非？贝雪失去了最好的物证。

"他们要迷奸我。"

郭松皱眉："说清楚点。"

很少有女孩会说清楚，她们在不该羞涩的时候羞涩，言语支吾。贝雪不是，她认真想了一下说："我不知道，因为我晕过去了，我不确定他们做了什么。"

何毅和郭松带着贝雪去做妇检，到底有没有奸，需要验证，且结果直接影响案件属性。

女医生五十多岁，瘦小惜言，从贝雪进来起，她的目光就如刀剑，不用检验，已经把贝雪钉在了审判架上。你可以从她的眉毛、眼神，乃至每一个毛孔看出来鄙夷和厌恶。她为此甚至感到深深的疲累。

贝雪好像浑然不觉，进里间，上床，脱衣，把双腿放在支架上。她沉默，自然，配合。女医生不动声色地冷笑，冰冷的检查器械发出清脆的声响，在各人的呼吸间回荡。

一字字从口罩里头送出来："见陈旧性创伤，没检测到精液。"什么意思？就是说，早已经不是处女，也无法确定今天有没有性交。郭松低声骂了一个字"×"，不合时宜。何毅抬眼看见贝雪已经从里间出来，衣服还脏污，却穿戴整齐了，不知道她听没听见，无法从她的表情上判断出来。何毅忽然觉得有些心疼，一个女孩到底要经受过多少，才能如此处变不惊？

在部队时，新兵总是大惊小怪，看见坦克轰隆隆会大惊小怪，到靶场会大惊小怪，投掷手榴弹更是大惊小怪。熬了几年，才有机会笑别人。心里都知道，这个笑，有多少血汗乃至死里逃生在垫底呢。

可是她，为什么？

郭松还想要一个更为确切的答案："到底有没有？"

何毅确定女医生在口罩的遮挡下露出一个笑容，轻蔑的、不屑的、高高在上的。何毅确定女医生没有吐出口的三个字是：重要吗？

女医生看着贝雪说，回去要消炎，甲硝唑，二度宫颈糜烂。

郭松又骂了一个字，×。这次所有人都听见了，所有人表面上都无动于衷。但何毅发誓，他看到了贝雪眼底的一抹疼痛。到底还是女孩，到底还年轻，扒光了被人从里到外看穿，半点隐秘都不能留下。

贝雪跟着他们回到派出所，她坚持自己被下了药，她要阿南和他的朋友受到应有的惩罚。她说："凭什么？"

就是从这一刻开始，何毅确定贝雪是"受害人"。

郭松找所长汇报，免不了"×"字连篇。所长敦厚老练，肚腩和谢顶的头发是明证。他拍着郭松的肩膀，说："小子，注意态度，最近局里要加大管理力度，重点就是整顿警察队伍中的风气。"

郭松说，×。

晚上讯问时，何毅可以不参加，他不知怎么没走，一直坐在角落，没错过贝雪的每一个字。他提醒贝雪，阿南的朋友叫李峰，本市人，无业游民，父母在南塔做生意。他没告诉贝雪，阿南现在就在隔壁的审讯室，他没跑，看样子很快会全部招认。

5

2008年的何毅在北国之星开了一间包间招待贝雪，服务员送来洋酒、红酒、啤酒、果盘、干果，总有人在门外透着磨砂玻璃想要一探究竟。贝雪坐在了沙发拐角处，正对着门，尽量满足所有好奇心。

"为什么不做警察？"贝雪抓了一把松子，一颗颗摆在大理石茶几上，摆出了一片雪花，"这里赚得多？"

何毅有丝恼火，本以为过去的前尘扑面而来，有些人的前尘，他们身在其中，她却装作茫然无知。他转瞬又把火气压下，嘴角牵出一丝讥笑："为什么回来？北京混不下去了？"

贝雪抬起眼，目光一如十年前冰冷："你怎么知道我去了北京？"

何毅不确定贝雪是不是真的不知道，1998年那个漫长的秋，改变了不止一个人的一生。

6

协警何毅曾经想过要成为一名出色的警察，这好像不难，身边最优秀的警察是郭松，连所长都要敬他几分。听说郭松曾经在分局刑警队，参与过九十年代初的几起大案，后来因为受伤才调回派出所，有点荣养的意思。何毅问过，他说伤在胳膊，寻常时候看不出来，只是不能再参与凶险的抓捕。何毅心中颇唏嘘了一阵，更有了想要继承发扬的念头。郭松眼睛毒，看出端倪，笑着说："小子，好好学，我看你行。"郭松说到做到，遇到案件，让何毅全程参与。郭松说："多看，少说话。"何毅谨记在心。后来何毅才明白，少说话等于别说话。他到底还是犯了忌讳。

案件不复杂，虽说有阿南半路翻供，矢口否认自己曾经下药，还说和贝雪是男女朋友。如果不是，为什么她大清早一叫就来？如果不是，酒吧长年那么多漂亮的女孩出没，怎么会选她？

何毅坐在角落，看着阿南疲惫的脸，这张脸上写满了厌倦。阿南说："我怎么知道她会翻脸不认人？"

何毅还从阿南阴郁的语气中读出了玩弄的意味，他没有经过专业训练，听出话外之音全靠直觉。直觉告诉他，阿南在说谎。他用热切的目光盯着郭松的后脑勺，坚信郭松一定早就看出端倪，然后出其不意，致命一击，让这个本不复杂的案件水落石出。

贝雪说："你们可以问他。"贝雪的笃定，已经证明了她说的全都是真话。何毅盯着阿南，时时刻刻在印证这一点。

当然何毅在后来漫长的岁月里都不愿意承认他曾经如此天真。事实上，在对阿南的审讯结束后，郭松进了所长办公室，那天晚上向来不喜欢加班的所长很晚都没回家，老婆打了三次电话催促，所长鲜见地发了火。所长和郭松关上门聊。他们聊了什么，何毅并不知情，过后没多久，郭松上交了结案报告，大意是贝雪因爱不成而生恨，诬告了阿南。鉴于是初犯，阿南也表示可以原谅，所以以批评教育为主，不追究刑事责任了。何毅盯着报告，半晌没开口。中午郭松请何毅吃饭，何毅说不了，胃疼。郭松没坚持，一个人走了。

贝雪当然不满，来找过一次，何毅记得那天所长去了分局开会，郭松请假去孩子学校开家长会，所里其他人都不熟悉案情，接待工作便落到了他身上。那日天阴，云厚且沉，像随时会降下一场暴雨。何毅和贝雪站在派出所门口的小花坛边，让她进，她不进。他给贝雪递了一根烟。贝雪接过，从包里翻出打火机，利落地点上，抽了一口，咳了半天，能看出是第一次抽烟。何毅苦笑。

贝雪说："我要上诉。我要告你们。你们都是一伙的。"

贝雪语气很轻，字很重，砸下来，便是颠倒黑白。何毅继续苦笑，风吹起来，身上凉了一片。

贝雪在来之前已经跟很多人闹过，她急赤白脸地嚷，跳脚地嚷，二哥和车主任从好心规劝到漠然视之，最后干脆避而不见。护士长问贝雪是不是不打算干了，事情闹得沸沸扬扬，全院都传开了，甚至传到了别家医院。卫生局开会，有人问护士长："听说你们那儿有个护士被强奸了？"护士长没脸回应，尴尬逃离。

护士长说："你是不是不想好了？"不能说护士长没半点好心，认下来，是跟男朋友赌气一时糊涂，好过传出去一个被强奸的名声。护士长说："你知不知道你把整个医院的脸都丢尽了？但凡有个家长，也不至于让你胡闹成这样。"护士长不该说这话，这是贝雪不能被揭开的伤疤。没有家长不是她的错，怎么她就活该被欺负？贝雪脑子一热，血涌上来，一巴掌呼在了护士长脸上。护理部震惊，全院震惊，护士长强撑着没倒下没还手，她年轻时也是个暴脾气的，这些年在急诊室见过那么多生老病死、意外突发，才凉了凉心里的火气。可坚决不能善罢甘休。

护士长说："老车，主任，有她没我，有我没她。"

车主任去找院长："有她没我们，有我们没她。"

院长到底老成又仁慈，也是快要退休的人了，见到比自家孩子还小的贝雪，多少有些不忍，说："停薪留职。等到事情过去了，再看如何安排。"贝雪笑："妈的，妈的，你们他妈的。"院长冷下脸，全院再看不见一个笑模样。

贝雪说："他们让我活不下去，大家谁都别想好。"

雨点滴落下来，黑色的，打在地上，汇聚成河。贝雪手里的烟熄灭了。何毅说："我可以去帮你跟院里解释一下。"雨点落在他脸上，耳朵里灌满了雨声。贝雪没吭声，雨太大了，两人都没有躲的意思，可隔着雨幕，也看不出对方的神情来。何毅已经知道贝雪家中的情况，一个孤女，唯一的倚仗就是这份安稳的工作，如果不出意外，她可以在医院一直干到退休，一辈子饿不死。如果不出意外，过两年她也能找一个不错的男朋友，那人同样有一份稳定的工作，或者是医生，或者是老师，或者是警察，她能有一个自己的靠背，踏踏实实过完这一辈子。何毅想，要是那样，其实也不错。

贝雪后来再没来，何毅干到了月底，离开了派出所。他跟郭松说："我觉得你们警察挺没劲的。"郭松挽留了两句，话说得直白："留下，想办法转正，是条出路。"何毅想，走啥路都是走，他不愿意挂羊头卖狗肉。

两年后，和何毅一起到派出所当协警的小周成了警察，调到中街，何毅在中街大舞台旁边摆摊卖羊肉串的时候，两人总能遇见。小周一开始不好意思，眼神和脚步都往一边躲着，像是干了什么亏心事。何毅就骂他抠门，不捧场。小周笑了，说："等我下班来吃，请你喝酒。"

小周来吃过几次，站在炉子后头，一边吃一边说些有的没的，何毅从小周口中听说郭松调去了三好街派出所当所长。前所长提前退休了，去国外带外孙女，语言不通，日渐郁闷。何毅给小周加了两串腰子说，尝尝，大补。何毅想，那些人，跟他有什么关系呢？

7

贝雪开始喝酒，北国之星确保售卖的都是真酒，何毅这才发现桌上摆的是喜力，小绿瓶，三百三十毫升。贝雪一瓶接一瓶地喝，一瓶只需要两口就能喝完。何毅想起她曾说过，这种酒，她能喝很多。何毅陪着，他很少喝啤酒，嫌胀肚，今儿算破例了。

因为高兴。面上没露出来，可心里是痛快的，好像缺了一块的地方被补上了。

"后来我去过你们医院，不是因为你，正好路过。你同事说你辞职了，说你去了北京。"

何毅没说，老爸因为他擅自辞职，气得摔了好几个盘子，发誓再不管他。何毅不用老爸管，可得管老爸，他年纪大了血压高，总要吃降压药。何毅平时都是在社区小医院拿药，图个方便，那次却特意跑到市医院，却打死也不愿意承认是去看贝雪的。好在，贝雪已经离开了，不然一定会被她看穿。

不知为什么，何毅总觉得贝雪那双眼睛能看穿很多真相。

两人喝了很久，空酒瓶摆满了半个茶几，有服务生进来要帮忙整理，被何毅撵了出去。老板助理也进来了，因为听说从来不近女色的何经理居然和一个女人在一处，兴冲冲地来敬酒。助理拥有澳洲某大学酒店管理专业硕士学位，和老板在帕斯的赌场认识，没人知道他如何在最短时间内取得了老板的信任，成为北国之星实际上的管理者，不过大家都明白，想在这里混下去，就不能得罪他。他举着一杯红酒，声情并茂地唱了一曲《喜欢你》，将气氛推向诡异的尴尬。

何毅看着贝雪，贝雪微笑，手跟着节奏挥动，恰好到处地捧场。她的眼睛里没有半分醉意，然后特别客气地表示希望助理忙完了再来。何毅看见助理眼睛亮了一下，转瞬又恍惚了一下，好像也在奇怪，为什么会在刹那间对不那么好看的贝雪心动。

阿南说："她又不是美女，我干吗要选她？"

何毅想起阿南说完后，屋子里涌动着一层几不可闻的叽喳声。都是男人，都懂那些压抑的轻笑。他们可以把所有女人都称为美女，也会把所有女人轻贱为"女人"。何毅低下头，眼前闪过贝雪坐在洗胃间的样子，那时她脸色苍白，如墨般漆黑的眸子中有精光闪动，写着冷漠疏离和不该有的透彻，让人不禁想起纷乱的城市，急于奔命的人们，想起被物质和欲望催动的失去体面的争夺，觉得一切都很可笑。她可能不算美女，但她有足够大的吸引力。偶尔绽放，便足够让男人方寸大乱。

贝雪继续喝酒，她好像永远也不会喝醉。其实她已经醉了，不过靠一股心气撑着，这是要紧的一步，她必须盘算出何毅的态度，这对后面将要发生的一切至关重要。

所以，贝雪不能醉，她还在等，等何毅问出那句话。

"你为什么要回来？"

贝雪暗自松了一口气，吐出准备好的回答："因为你。"

8

　　1998 年，何毅在离职前做的最后一件事是把本该销掉的案件记录输入了电脑中。他不知道为什么要这么做，也不知道这带着一点悲愤色彩的无意之举会在十年后掀起波澜。或者他也在期盼着后续，因为有些事，不该被轻易抹去，不留痕迹。

第五章

1

谈露露对 2008 年的自己很满意，拥有一份前景光明的事业，拥有比同龄人年轻的体态容貌，拥有阳城最高档小区的顶层豪宅和一辆最新款的红色跑车，每次开出门，都能引发一路艳羡。谈露露喜欢被追捧、被赞美，这让她觉得自己与众不同，是高人一等的那种不同。其实她本应更好，如果当年签了约，说不定现在也成了蜚声大江南北的明星，说不定已经去了国外，说不定……可惜没有回头路，更没有后悔药。好在这仅仅是一次失误，哪个女人年轻的时候没犯过糊涂呢？幸运的是那之后的种种决定，她都做出了正确选择，所以才一路到了今天。拨乱反正，绝地重生。

如果生活可以评分，谈露露觉得自己的生活已经够九十分，算优良级别。在她不算长的求学生涯中，这一直是个可望而不可即的数字。谈露露不在乎考试成绩，语文、数学、历史、政治，每一堂课，她不是魂游天外便是掏出小镜子顾影自怜。她肤色白皙，体态丰腴，在一群还面带菜色的女同学里鹤立鸡群，这便够了。何况她还有一副天生的好嗓子，每次学校组织汇报演出，她便大出风头。报幕是她，独唱是她，最后代表学生上台给领导献花、从领导手里接奖状的也是她。连最严格刻板的班主任都曾在背后感慨，这孩子将来说不定比其他人混得都要好。

他说中了。现在谈露露曾经的同学们，男的多半开出租车，女的在五爱街给人看床子①，工资日结，今日不知明日事。上半年同学聚会，真不明白他们怎么想起来张罗这一出，互相看看谁混得更惨吗？也不明白她怎么就答应去了，满眼是中年男人的颓废失意，头发擀毡，肚腩凸起，中年女人眼角堆着皱纹，厚厚一层白粉都遮不住蜡黄，嘴唇一律抹得通红，从暴露的唇纹看，那些口红都劣质且过期了。谈露露看得直愣神，就算心里曾经铺垫过他们不是人生赢家，但也没想到会败成这样子。谈露露在包间外转了一圈，站了三秒，得亏戴着墨镜和贝雷帽，没人一眼把她认出来，可以转身走掉。离开前，谈露露在收银台扔下一千块钱，估计够他们点的那些大鱼大肉加雪花啤酒了。

当然任何人的生活都会有美中不足之处，对她来说，这唯一的扣分项便是单身，快四十岁了，依旧单身。这简直成了所有人都可以置喙的话柄。再有钱又如何？看起来再年轻又如何？没人要。在她们看似同情的感叹中，那九十分已经不复存在，她们内心笃定，谈露露是个失败的女人，所有的快乐都是假象。她们顶

---

① 东北方言中指看摊子。

着满脸劣质白粉，咧着涂着过期口红的嘴，嘴角撇着，似笑非笑：牛什么啊？没人要的老姑娘。

如果没有她们，如果真的可以不在乎她们的话，谈露露完全可以得到满分。可惜，又是一个不存在的如果。谈露露在乎，如同她在乎所有艳羡的目光一样。她要百分之百的认同，更愿意接受百分之百的嫉妒。

好消息是，这一愿望即将实现。谈露露和医大二院外科吴医生已经谈了大半年恋爱，终于到了谈婚论嫁这一步。她想不到吴医生有任何理由拒绝结婚。虽然他是博士，虽然他比她小五岁，虽然他不乏追求者，可谈露露知道，他一定会和她结婚。

先不说什么爱不爱。吴医生是她特聘的专家主任，每周一天到医美中心坐诊，专门负责眼鼻手术。双眼皮，高鼻梁，向来是大多数女人追求的目标，吴医生在她们眼里是真正的天使，是她们达成所愿的金手指，为此她们可以付出高昂的手术费。吴医生一开始还不适应，对比医院收费标准，这简直像明抢。他就是这么跟谈露露说的："你这简直就是明抢。"谈露露笑了，多久没见过这么单纯的人，笑出了眼角细纹也不在乎，反正可以打针拉皮，永葆青春。谈露露笑够了说："所以美丽是无价之宝，亲爱的吴医生，你别这么老土行不行？"吴医生忽然就红了半张脸，好像被人说中了一样。

吴医生割两个双眼皮拿到的劳务费比他一个月工资加奖金还高，很快适应了。半年后，吴医生从4S店里提出了一辆最新款顶配奔驰，谈露露用医美中心公账付款，车也登记在医美中心名下，算固定资产，还可以顶一部分税。吴医生真诚地婉拒，谈露露说分什么你的我的院里的，伤人心。吴医生治病救人，当然不想伤人，于是开着车带谈露露到万豪吃晚餐，开了一瓶小一万的红酒，吃完饭，两人到楼上开了一间房，正式确定了关系。

谈露露双腿卡在吴医生腰间，半个屁股落在窗台上，身后是阳城旖旎的夜色。她目光迷离，神情恍惚，借着酒劲问话："你爱我吗？"这话平时听着傻，还容易惹人厌烦，甚至有点逼宫讹人的意思。可到了某种情境，比如当下，这话就顺耳又恰当，一来可以显示自己单纯，二来也是为了助兴。男人都喜欢女人柔软，不光是身段，也包括心态，软下来，低下来，对他们表现出渴望，带着一点哀求、一点希望怜悯的意思，能让男人瞬间膨胀。吴医生果然兴奋起来，把谈露露整个人扔到床上，冲锋陷阵，披肝沥胆。谈露露起伏奉承，娇喘连连。可不是嘛，人前再光鲜的老板，在男人眼前也得是给了才能有的小绵羊，吴医生得到了身心二合一的满足。

够了，精神愉悦，肉体欢快，物质丰盈，这就算是爱了。

吴医生对眼下的一切也很满意，如果非要找一点瑕疵的话，那就是谈露露不肯让他辞职。不辞掉公职，他就没办法在医美中心做正式股东，也就是说，他和谈露露只能是雇佣关系，就算结了婚，医美中心也是谈露露的，跟他无关。这让他有些恼火。可他不能问，你爱我吗？更不能说，如果爱的话，为什么不能把你的全给我？这话一旦说出口，他就彻底输了。

你爱我吗？

女人总喜欢自作聪明，比如以为割了双眼皮，垫高了鼻子，就能挽留男人心；比如都已经一丝不挂还觉得别人看不见肚脐下的一道浅浅的刀疤。或许别人看不见，或许他们在顺从她熄了灯之后再没打开过，可他是医生，他喜欢在女人入睡后打开灯，仔细端详她们的身体，他本意绝不是想揭露隐私，不过是要赞叹造物主的神奇，他会在灯下回味刚刚至为销魂的时刻，带着感恩和满足。于是他看到了那道疤，他太清楚这样的切割手法意味着会减轻剖宫产后的疼痛，更有助于愈合。

谈露露说她是单身，这没错，她没有法定意义上的丈夫，可她有孩子。没几个人知道，吴医生最不该知道，可他偏偏知道，他用了一周时间，动用了不少人脉，才查到那是个已经九岁的男孩，被谈露露以弟弟的名义寄养在母亲家。

2

1998年那个糟糕的秋天，谈露露在还没有显怀的时候回到了母亲身边。

在之前很长一段时间里，谈露露认为自己没有母亲。梁红琴拧着她的耳朵骂："难不成你是狗肚子里爬出来的？"梁红琴声音粗厚高亢，头发永远像鸡窝，焦黄凌乱地堆在脑后。梁红琴说："你跟那个没良心的一模一样。"谈露露大了些，从梁红琴收藏在床底下的红木箱里翻出一个旧日记本，本里夹着一张黑白照片，照片上梁红琴穿着布拉吉，绑着两根麻花辫，依偎在一个高挑的穿着中山装的男人身边。照片上的梁红琴有她从未见过的笑容。谈露露由此认定，那个男人就是她从没见过的父亲。

问过。就一次。梁红琴抓起炉钩子扔过来，在谈露露额头上留下一道伤疤。

后来从左邻右舍的闲谈中，谈露露了解了一些所谓真相。他们说梁红琴年轻时实在漂亮，大眼白肤，身材高挑，又爱美，在所有人想方设法填饱肚子的时候，她偷出家里仅存的两斤小米跟人换布料，做裙子，为此被她爹一顿好打。伤没好利索，人已经开始动针线了。他们说梁红琴心高，灰色罩衫里头露出白粉花的衬衫领，尖尖地戳下来，就是她藏不住的野心。她看中了厂里刚分来的技术员，上海人，会弹手风琴。厂中林荫道边，经常能看见他忧郁的身影，听见忧伤的琴声。女工们羞涩，紧走几步，好像就能逃过去。梁红琴不，她总是站在不远处，坚定固执地看着他。他们嘻嘻笑，说，梁红琴可不是一般女人，看中了谁，谁便跑不掉。他们说，还跑？谁跑？花朵一样的大姑娘送上门，谁舍得跑？

后来呢？"后来就有了你。""不对，后来人家技术员就去念书了，一去再没回。转年才有的她。""怎么不对？不是先有的，是老天爷塞进她肚子里的？"左邻右舍打起嘴仗，全不顾谈露露已经转身离开。

梁红琴又给谈露露一顿好打。"不知羞耻的烂货，不知好歹的东西，别人嚼舌根子你跟着笑，我怎么养了你这个白眼狼？"梁红琴的声音传到四邻八舍，本就破败的家面子里子都碎成了渣，谈露露从此再没母亲。

谈露露念职高的时候跟着几个哥们儿弄了一个乐队，她是主唱，职高毕业后，她跟着乐队一起去了南方。走的时候，她没有给梁红琴留下只字片言，打定主意再不回来。后来回到阳城开酒吧，她也没回过家。梁红琴倒也从没找过她，两下相忘，相安无事。

梁红琴说："你还知道回来？"她的声音暗哑了几分，头发斑白，剪成利索的短发，只要不开口，便像寻常人家的好老太太。跟寻常人家一样，梁红琴住的宿舍楼只剩架子还支棱着，内里处处穷酸简陋，墙皮剥离，墙上有残存的蚊子遗骸，血色已成暗黑，阳光冲破灰尘照上去的时候，才能显出淡淡的红。

谈露露说："梁红琴，收拾你的东西跟我走。趁我还没后悔，现在，马上，立刻。从今天开始，我一个月给你两千块钱，以后一个月给你三千，你跟我一起住，但是你要记住，闭上你的嘴。"

梁红琴的视线落在谈露露依旧平坦的小腹上，经历过的女人总是会一眼看穿别人的隐秘。她笑出一口黑黄的牙，颇有些苍凉的意味。或许这就是家族的宿命？梁红琴说："那个狗娘养的是谁？"

谈露露沉默。

梁红琴叹了一口气："你打算怎么办？"说出这句话的时候，梁红琴还是把自己当成了母亲，她真的在担忧。

谈露露冷笑，说："反正这些年你也没断过人，老蚌生珠，人家顶多觉得新鲜，不会觉得不妥。以后我多个弟弟，还是一家人。"

梁红琴说："你这个狗娘养的。"

谈露露帮梁红琴收拾，把梁红琴扔进行李箱的东西再扔出去。后来她明白，除了必不可少的身份证、户口本、房产证，这个破家再没值得拿走的东西了。

3

"你究竟想怎么样？"

走出包间的时候天边已经有了淡淡的白，贝雪认真踩出一条直线，耳边只留下心跳声。

何毅再一次问："你究竟想怎么样？"

贝雪抬起头，嘴角泛起一丝笑纹，目光如水，和一线天光遥相呼应，让何毅不知怎么想起了曾经值守的那片海。海水总是深邃的，又清澈到让人有时时可以投入其中的冲动。

　　"我想怎么样就能怎么样吗？如果是，我就可以回答你，我究竟想怎样。"

　　贝雪说完便笑，笑声刺破了最后残留的黑暗。何毅愣在原地，看着贝雪被门口的服务生送上出租车，看着贝雪高举起手臂向他告别，看着车子消失在路的尽头，他还站在原地。

　　天光迫不及待地冲出来，何毅转身的时候，阿音在树丛边等着。

　　阿音的声音柔又怯，带出刻意的颤抖。何毅忽然涌起厌恶，他讨厌她们的表演，忽然又明白，刚刚经历的一切，贝雪也是在表演，而他心甘情愿做观众，做配角，做被拉入其中的龙套。

　　她到底想怎么样？何毅从阿音身边径直走过，做经理就是有这点好处，可以对不想见的视而不见。阿音这会儿一定会浮现一脸委屈，兴许还会红了眼眶。她是天生的戏子，恪守职业道德，主任说过，在客人彻底离开之前，演出就没有结束。

　　何毅回到宿舍，这一觉睡得绵长，睡出了昏天黑地的架势。手机响过，又响，再响，都没能把他从睡梦中叫醒。

　　何毅在某一段梦中想起他第一次见到贝雪时，那会儿他刚转业回来，晚上和朋友喝酒，醉了和陌生人打架，被碎在地上的玻璃割伤了脚踝，伤口深，玻璃碎屑留在里面，他被送到急诊室。医生司空见惯，要护士处理伤口。他酒醒了些，看见护士用镊子一点点夹出伤口里的玻璃，口罩上面目光如水，眉头微蹙，听见她说："干吗要打架？多疼啊。"他看见旁边床上同样正在接受治疗的患者，看见旁边的护士举起酒精洒在伤口上，听见那人发出痛彻骨髓的号叫。他转回头，看见护士刚抬起头，微微摇头，眼睛里有无奈和一点愧疚。他看见她的胸牌，记住了她的名字，贝雪。

何毅在虚妄的疼痛中醒来，他抓起执着地响着的手机，接通了正巧打进来的电话。五分钟后，阿音走进了何毅的宿舍。何毅没去想阿音是不是一直等在楼下。或者是，或者不是，并不重要。起码在当下，被疼痛灼烧的身体需要的是另一个柔软的水样的身体。他像躺在一条船上，他听见阿音隐忍地呻吟，他闭上眼睛，然后睁开，他用手掌捂住了阿音的大半张脸，只剩下她咬紧的嘴唇。他好像看到了贝雪。是的，贝雪。

可是贝雪，她穿过了十年的时光隧道，站在他眼前，她到底要怎么样？

阿音呻吟着，辗转着，在何毅终于泄出一口气的时候轻轻叹息。

何毅问："你到底想怎么样？"

4

贝雪知道自己是来复仇的，可究竟想怎样？复仇是个太笼统的概念，骂人两句，打人一巴掌算，仇恨若到了滔天的地步，杀人放火也算。电影里不乏复仇桥段，总是铺垫着血流成河。生活不是电影，贝雪想她只是想要一个公平。公平也是个概念，想来想去，她要的是他们也尝尝被诬陷的滋味和后果。人都要为自己做过的事付出代价。

反正现在她也没有其他的事情可做。她被切断了前路，只能停留在原地，站在一个弯曲的时间节点，前一秒是1998年，后一秒是2008年。

三天后在太原北街的避风塘，贝雪从何毅手中得到了关于谈露露的全部资料。何毅看起来有些疲惫，不由自主地打了几个哈欠，又不由自主地皱了眉。贝雪视而不见。

贝雪全部注意力都放在手中几页打印出来的A4纸上，半生为人，自以为轰轰烈烈、热热闹闹，落到实处，也就是这三张半，若去掉行间距和空格，再去掉和其他人重合的部分经历，比如上小学、上初中，比如恋爱、失恋，独属于她自己的可能只有半页不到。

谈露露的半页扎进贝雪眼里，只剩下三个字，私生子。

5

1998年的秋天，在那场来得突然又去得突然的大雨中，谈露露在医科大学附属第二医院拿到了第二次孕检报告。第一次是在三经街外市妇婴做的，阳性。医生是个年轻到让人生疑的女子，嘴角挂着露出八颗牙齿的微笑，据说这种笑容是世界通用标准，代表了热情真诚，并能最大限度地美化脸部轮廓。谈露露由此断定她也是《时尚》杂志的忠实读者，于是更加让人对其专业度生疑。

第二次孕检报告，阳性。五十多岁的主任医生问："要不要？"谈露露没回答，因为无须回答。

根本没有意外怀孕，所有的意外都藏着处心积虑。

谈露露想和白元结婚，想了好几年。白元不想结婚，不光是她，连带他身边其他女人，那些同样拥有女朋友身份的女人，他一个都不想要。白元说："妈的，都疯了吗？"其他女人有知难而退的，有安之若素的，也有静观其变的。他总归会变的，浪子总要回头，只要等得起。

呸，什么叫等得起？不过是不够爱，不过是自家也贪玩。谈露露和她们不同，她拒绝签约，回阳城开酒吧，放弃了大好前程。别人以为是衣锦还乡，落叶归根，只有她自己知道，她是要守着白元，白元签了阳城球队，她便在阳城。白元若是去了国外，她也会搞到一张签证。她打定主意要和白元结婚，嘴上却从不说。说了，白元就跑了。

白元以为谈露露和其他女人一样，逢场作戏的成分更多些，于是大方地给予她女朋友的身份，在一处吃，在一处玩，偶尔一处睡。当然也会说些关于爱和承诺的废话。说的人不当真，以为听的人也不会当真。白元有次酒后失言，告诉谈露露，将来他要结婚，一定要找一个最好的。

最好的，等于最有钱的，最有名的，最能支撑起他想要的生活的。这些，跟一个酒吧老板全然无关。白元说完睡了，睡了半路睁开眼，爬到了谈露露身上。是谈露露主动指引的，谈露露刚刚在白元均匀的呼吸声中怅然了一会儿，悲伤了一会儿，然后想到正是排卵期。谈露露便用手指叫醒了白元，且拿捏好轻重，让白元以为是自动惊醒，以为自己对身边的女人还有澎湃的欲望。白元觉得这样不错，证明他还年轻，身体和精力都旺盛。

谈露露把黑色皇冠停在运动系楼下，白元顶着一头汗水跑出来。谈露露下了车，在阳光下流下眼泪，几个领导从他们身边经过，或许听见了谈露露的话。谈露露说："我怀孕了，怎么办？"白元看着领导们，他们手中掌握着他的命运，国内比赛，国际大赛，从优选拔，什么是优？专业当然重要，但绝对不是唯一标准。领导们走得很慢，四平八稳，他们喜欢以此来给人压迫感。白元看着谈露露，压抑心里的恼火，汗水在阳光下晶莹发亮。白元笑着说："亲爱的，这是好事啊。"白元确信有领导回头，确信他的笑被准确接收到了。谈露露也笑了，孤注一掷，到底赢了。谈露露抱住白元，像是抱紧了来之不易的奖杯。

如果不是阿南突然发了疯，谈露露应该已经是白元的妻子了，或者到了2008年，她已经是白元的前妻。她无所谓，她只要一个结果，就算只是为了阶段性的胜利或者终结都好。

可惜阿南疯了，在酒吧给客人下药，客人不依不饶，酒吧声名扫地。谈露露分出一些精力周旋在派出所中间人和苦主之间，然后用剩下的全部精力和白元谈判。

白元拒绝结婚，因为有传言说阿南所做的一切都是谈露露指使的。白元终于有足够的理由维持单身，他有足够的理由对领导们说，他遇人不淑，完全没想到，且一定会痛改前非，跟她划清界限。白元厌弃地看着谈露露说："妈的，没想到你是这种人。"

谈露露说："不是我。我没做过。"

白元说："如果阿南说是呢？"

谈露露说："我没做过。"

白元冷笑，他高高在上地盯着谈露露，盯着谈露露还没鼓起的肚皮，毫不遮掩他的怀疑。他太有理由怀疑了。

白元说："你太让我失望了。"

谈露露没抓住白元，他飞快转身，谈露露跟跄了一下，该死，她不应该还穿着九厘米高跟鞋，不光对胎儿不好，也不利于追逐。

谈露露看着白元扬长而去。

有人来找谈露露，是白元的朋友，也是她的朋友。终点酒吧的常客，喜欢隔壁酒吧驻唱的姑娘，但不会过去花一瓶酒钱。他说露露啊，干吗这么想不开？他说，千万别把人逼急了。谈露露平素的聪明才智、善辨人心忽然在此刻失灵，她愣怔着，只会说："我没有。我真没有。"人家就笑了，特别无奈的那种笑，还夹杂了些许同情。人家说："你有没有重要吗？你也会说那个什么阿南没有。这都不重要。重要的是结果，你还不明白？"

谈露露从此明白白元只是想分手，摆脱她，所以不惜陷害她。她有办法暗度陈仓，他有胆魄釜底抽薪。只要她有案底，甚至只要有嫌疑，她所说所做的一切便不会在领导处成立。一个指使手下给无辜女孩下药的酒吧老板，陷害一个有大好前程的运动员，多么顺理成章。白元不怕她哭，不怕她告状，她再也无碍他光辉的前途了。

人家说："手术费、营养费、精神损失费，你报一个数。我去跟老白聊。酒吧的事，如果你这边有难处，我找人帮你摆平。"

谈露露就笑了，酒吧生意冷清，肚子里孕育着一个生命，未来像眼前的灯光一样昏暗。她要做的只是报出一个数字。

谈露露忽然想起路灯下的贝雪，妈的，如果不是她，自己的生活怎么会突然天翻地覆？所以，人要承担自己行为的后果。所以阿南翻供，所以流言满天，所以，谁都别想好过。

6

婚期定在 2008 年 10 月 28 日。谈露露在慈恩寺门口偶遇一位鹤发童颜的老者，得到了金石般笃定的赐福。时间有些紧，好在金钱可以让所有进度加快。谈露露在开车回医美中心的路上已经决定好喜宴要摆在北国之星。

每周一三五上午9点到11点，吴医生都会出门诊，很多外地患者慕名前来，在诊室外排出长队。其中一半都算心病，另一半则病入膏肓，急需被人开膛破肚才能延续生命。吴医生对两种人都极具耐心，并不会因为某些人愚蠢的提问表现出丝毫不耐烦，他理解杞人忧天，也理解包藏在关切下的期盼，他只同情，不评判。他的口碑多半来自仁心。

谈露露在经过三好桥的时候想，如果此时吴医生扭头看向窗外，应该能够看到她的跑车，醒目，灿烂，风驰电掣。谈露露想得有些兴奋，脚下加了些力度，车子如在风中展开的绸缎。谈露露如愿以偿地收获了一路艳羡的目光，有些司机甚至拍了一下喇叭，他们毫不隐藏对她的羡慕嫉妒，兴许还有一些仇恨。这让谈露露的心几乎要雀跃地飞起。她抓起手机，给吴医生发了一条短信：10月28日。

吴医生果然看向窗外，先是他对面的患者从莫须有的痛苦中抬起头，站起身，眼睛忽然睁大。半秒钟后，吴医生便也转过身，抬起头，站起身，眼睛忽然睁大。

他们在相差半秒的时间中看见一辆红色跑车飞出了三好桥，一头扎向文化路，弧线优美，像一匹在风中展开的绸缎，跑车扎到路面，蹦出些许碎片，阳光被打成一盘散沙又瞬间合拢，像绸缎兀然断裂，又黯然堆积，用萎靡的姿态悄然弥合。

7

与此同时。

贝雪正在阳城最好的私立小学门口，盯着操场上一群正在做课间操的孩子。保安走过来，先敬礼后问话，充分代表了这所学校的品质，然后礼貌地请贝雪离开，因为她无法证明她的身份——谈天一同学的小姨。保安说，抱歉。贝雪走到了马路对面的押面店，点了一碗鸡汤面，一个茶叶蛋，想想，又加了一碟小菜，凉拌土豆丝拼凉拌海带丝。贝雪坐在门口，盯着学校。

学校，总有放学的时候。

与此同时。

何毅正在宿舍里和阿音无声厮打。阿音要马上离开阳城，要逃离这一切，阿音和何毅睡觉就是为了这个，她觉得睡了几次，三次，五次，足够冲抵那块表。阿音是要何毅去还钱。当然她清楚，何毅不会真的还钱，客人也不会真的要钱。不过是个形式，客人日后再来，会得到更高规格的接待，如此而已。阿音想，何毅应该能答应，他在她身体里颤抖冲刺的时候，就应该想好了要答应。阿音就掐好时机，在那个瞬间到来之前说："送我走吧。"何毅居然半路撤退，冷笑说："婊子。"又说："我不是你的仇人，冤有头债有主，你干吗不去找他？"

谁都有碰不得的伤疤。于是，无声的厮打开始了。何毅宁可让阿音咬烂自己的手掌也不许她发出尖叫。

这里是北国之星的经理宿舍，悠长的走廊两端有无数双耳朵和眼睛。他们在看到彼此时面露微笑，背过身后张大耳朵捕捉信息。

一个小时后，贝雪看见梁红琴从出租车上跳下来，踉跄着扑倒在学校门口，过了一会儿一个十岁左右的男孩被老师牵着走出来，梁红琴被保安搀扶着，扑进了男孩怀里。也是奇怪，梁红琴那样高大丰硕，却可以严丝合缝地把自己塞进男孩略显单薄的怀抱中。

何毅赶走了阿音，他从来不缺决绝和凶狠，对自己，对他人。他将哭泣的女子推到走廊："随便，你愿意如何都好。"说完他关上门。感谢事不关己，感谢私有制运营，感谢轻蔑和巴结。阿音黯然离场。

8

你究竟想怎么样？

贝雪用了三天时间谋划关于复仇的具体动作，她想可以从医美中心入手，做生意难免会偷税漏税，再天衣无缝也有迹可循，找到证据检举，让谈露露陷入官司。也可以从吴医生处入手，像电视里演的，找人引诱，拉吴医生下水，顺便将通奸照片扔到谈露露脸上，毁掉她对爱情和婚姻的向往。或者从孩子下手，谈露露从不承认她有过孩子，如果在婚礼上突然有人叫妈妈，谈露露伪装的一切就都会败露。只是，是否过于凶狠？贝雪犹豫不决。事实上，贝雪并不知道，一切关于复仇的决心和歹毒的幻想，在她看见那三个字"私生子"之后，便开始坍塌。

可能她只是想站在谈露露面前，听她说句对不起。

每个人都有苦衷，都有情非得已的时候。每个人都在努力完成自己的心愿，然后在不经意间把别人的生活击碎。

这样是不是就值得原谅？

现在什么都轮不到贝雪去想了，想了也是白想，谈露露死了。她怎么可以这样就死，把贝雪一个人扔在半路？贝雪大张旗鼓奔波千里的复仇，成了一幕还没开场就散场的剧。当然可以找别人，还有别人，戏里总不缺配角龙套，可他们就算说了对不起又如何？

二哥三年前中风，现在需要被护工搀扶才能勉强走路，嘴角总有涎水，蹦出来的单字含混不清。护工是从乡下来的强壮汉子，对二哥曾经的威风一无所知，总会把变质的剩饭塞进他嘴里，并呵斥说："老不死的。"

车主任退休后热衷养生，被各种保健品公司奉为上宾，后来把一辈子积蓄投入到一款据说可以让老男人回春的外用红外罩上，四处演讲，宣扬其中妙处，在四川某地被警方抓捕，罪名是涉嫌组织传销。

阿南了无踪迹，据说1998年便离开了阳城，先是一路往北，在齐齐哈尔和佳木斯短暂停留，和一伙来自天南海北的客商做外贸。后来去了俄罗斯，因为和当地人抢占市场被打断了腿，回国后选择南下，有人说他去了海南岛，也有人说他在新疆承包了棉花地，还有人说他现在在缅甸，在一家赌场工作。众说纷纭，因为没有一个确实的答案。这种种传言只能证明他活得并不如意，或者短暂如意，但总会被更大的挫败击垮。

贝雪在南塔鞋城充斥着皮革臭味的商铺中找到李峰，他说："你谁啊？"

他说："我 ×，是你！"

他说："我请你吃饭，海鲜？饺子王？多少年没见了，你混得不错啊。"

贝雪感觉索然无味，转身离开。她甚至对道歉都没有了兴趣。她想她干吗要来？来的时候还想，或许可以问问他们为什么……能为了什么？好玩，无聊，闲的，一时糊涂。

李峰在后面追着喊："别走啊，挑一双鞋，都是意大利来的，刚下船。"

后来贝雪坐在出租车上想，这样也不错，没有道歉，就不需要假惺惺地原谅。谁也别想用一句轻飘飘的对不起蒙混过关。他们受着各自的惩罚，她也可以继续仇恨。不原谅，走下去，尘归尘，土归土。

贝雪回到出租屋后给常赢发了一条短信，说她下个月不租了，让常赢把房子挂出去，寻找下一个租客。她说："谢谢，对不起。"

第六章

1

不管是 1998 年还是 2008 年，阳城死了人多半会送到文官屯。

贝雪和何毅就是在文官屯火葬场外的院子里被郭松带走的。

郭松本可以不来，他在三好街派出所所长的位置上坐了几年，辖区安定，升迁无望。办公室那把四平八稳的椅子最能修身养性。若不是分局下来的协查通报里面提到了何毅和贝雪的名字，若不是之前以为是交通意外现在却有被害嫌疑的死者是谈露露——协查通报里写着，谈露露的跑车刹车被人动过手脚，郭松是不会从那把椅子上站起来，亲自带队来抓捕嫌疑人的。

郭松甚至有些按捺不住的兴奋，像是早已退役的老兵重回光辉岁月。让那些传言落于实处，让所里新来的小警察们心悦诚服。在来的路上，郭松再度在脑海中复盘案件，虽然目前没有确凿证据，但他可以确定谈露露的死和贝雪、何毅有关。

因为动机充分。

当年谈露露凭借人脉和钱，将一起迷奸未遂案消解，导致当年的被害人贝雪失去工作。虽然时隔多年，可事情如何发展取决于贝雪的造化，如果贝雪活得好，往事可以烟消云散，如果她一路波折，掉头来寻找根源，多年的时间便会让本不大的仇恨发酵成致命的毒怨。一定是后者，不然她为什么回来？

只是何毅为何牵扯其中？有证据显示何毅前几天找到小周——之前跟他同在派出所的协警，现在在分局做刑警——查了谈露露的信息，这就足以证明他是贝雪的同谋。可他为何？难不成他和贝雪之间有什么情感瓜葛？不是没可能，当年案件了结，何毅不顾挽留离职而去，谁都以为他是想换一个可以发财的行当，谁都没想到他是为了一个女人。郭松叹口气，他注定没出息，也没有当警察的命，哪个警察能看上当事人，还是迷奸案的当事人？糊涂啊。一糊涂就是十年。

因为何毅的存在，郭松想抓捕时可能会费些周折，谁会愿意束手就擒呢？郭松在车上暗自活动开来，转转肩膀，甩动手腕，摸了摸警棍。如果何毅和贝雪试图逃跑反抗，他要做好万全的准备。

郭松从警车上走下来，何毅和贝雪站在原地，一动不动。他们正对着遗体告别室，从他们身体两侧可以看见里面摆满了花圈，可以听见老人孩子的痛哭和悠远音乐伴奏下的哀痛悼词。

毫无疑问，此刻，谈露露是深受朋友和亲人怀念爱戴的好人，她的一生算不上伟大，但足够让人铭记赞颂。

郭松看见贝雪转过头，天空上的阴云忽然裂开一条缝隙，阳光轻巧地笼罩在贝雪身上。贝雪的表情是淡然的，不喜不悲。

2

贝雪有一瞬间恍惚，十年前，同样的人，同样的位置。并不是同样的屋子，可派出所的屋子看起来都一样。几乎同样的问题。不同的事，十年前她要证明自己被害，现在她要证明自己没有害人。贝雪忽然笑了，因为命运的无常和吊诡，也因为觉得这一切足够滑稽。

郭松说："你何必呢？事情已经过去了这么久，你该放下。"

贝雪大笑起来。

从没有人见过贝雪这样笑，从没有。确切地说，贝雪很少笑，小时做孤儿，长大了做护士，后来漂到北京，干各种上不得台面的杂活，好不容易在一家养老机构找到工作，顺便谈了一个男朋友，好吧，她真的没机会爆笑。那人曾说："你怎么看起来总是不太开心？"贝雪微笑，用手指在那人的胳膊上、腿上慢慢滑动当作回答，她的手指细长，那人的胳膊上起了一层鸡皮疙瘩。问题便已经得到了回答。

现在贝雪大笑，因为他们说："何必呢？"他们还在说："不是没把你怎么样吗？"他们说："你早该放下。"

笑够了，贝雪说："我没杀人。随便你们去调查。爱信不信。"

贝雪又变成了十年前的样子，冷漠，冷静，一切都从她开始，一切都跟她无关。

3

隔壁房间里，小周特意跑来，对着何毅唉声叹气，颇有些哀其不幸，怒其不争的意思。

小周说："哥们，你都混到北国之星了，何必呢？"

小周说："哥们，你们那儿什么漂亮女人没有？为了她，你犯得上吗？"

何毅忽然跳起来，挥起拳头狠狠打在小周脸上。

何毅说："× 你大爷。"

贝雪走的时候，何毅被送到了沈河看守所，袭警，刑事拘留十天。这还是郭松出面和小周说情了，毕竟曾经是同事，毕竟没有造成重大伤害。小周的暴怒在疼痛消失之后慢慢平息，他想他该原谅何毅，何毅当初也是个有前程的人，为了这样一个女人……

小周抹了抹鼻血，点了头。他被自己的宽宏大量感动了一把，他真是个好人。

4

与此同时，吴医生也被请到了分局协助调查。局里某位领导的丈母娘在吴医生所在的科室住院，领导不止一次看见吴医生查房时的专业和耐心，丈母娘也不止一次拉着吴医生的手感叹，救命恩人啊。

在分局铺着地毯的会议室，吴医生表现出得体适度的悲伤，他一遍遍看着手机短信。"10 月 28 日，我们就要结婚了。"领导和领导的下属们发出一致的叹息。吴医生说："露露是个善良又能干的女人，是我没有福气。"

有人在背后质疑吴医生和谈露露的感情，证据是谈露露已经做了财产转移，医美中心在梁红琴名下，房子都归了"弟弟"，吴医生和谈露露结婚，只拥有她所有物业和资产的使用权，还要承担随时被踢出局的风险。他们说："换成你，你是否会起杀心？"

领导对此疑问嗤之以鼻，轻蔑是对下属最好的激励，很快他们就明白，已成定局，杀人之后并不会有相应的好处，那还杀来干吗？

"所以吴医生，今天请你来，是想了解一下，谈露露生前有没有什么仇家？"

吴医生喝了一口茶，茶味淡，看来是惯常用来招待苦主的。他把茶杯放在一边，认真想了一下，或许有，毕竟开了医美中心，不排除有人对手术结果不满意，或者对收费不满意。"你也知道，女人嘛，喜欢后悔，喜欢找后账，喜欢大惊小怪。"吴医生可以帮忙提供医美中心所有的患者名单，这是一份长到颇让人绝望的名单，更让人绝望的是，上面的名字总会牵扯到某些敏感人物。

有人又不识大体，惊诧地说，这个谁谁谁，平时在电视上给人开会，看着那么一本正经，居然也会去隆胸？

吴医生离开沈河分局后去了一趟谈露露家，他把车停在楼下，坐在车里发呆。他想自己到底是喜欢谈露露的，所以他很认真地缅怀了一下他们的过去。他也没有太过悲伤，毕竟谈露露对他所有的防范总能有效减少两人之间的情感浓度。从某种方面来说，这也算好事。过了一会儿，吴医生拨通了医美中心财务总监的电话，询问他自己应得的最后的劳务费何时可以到账。总监说："吴医生，您现在开的奔驰是院里的资产，我们要进行核算，麻烦您有时间送回来，如果您没时间，我们派司机过去。"吴医生挂断了电话，到底是人走茶凉了。

5

贝雪回到出租屋的时候，看见的是一片狼藉。

不，这个词并不准确，因为她的行李太少，就算被翻乱，扬出，也达不到狼藉的效果，只能说是有些杂乱。贝雪一件件捡起，并没有任何东西丢失，可能因为实在入不得小偷的法眼。贝雪在试图叠起它们的时候发现每件衣服都被剪开一道口子，哑然失笑。

有那么一瞬间，贝雪想报警，手机已经按下了两个数字，想想又算了。贝雪这会儿不想再跟警察打交道。她可以想象他们在接到报案后会说："丢了什么？什么都没丢？把你怎么样了？不是没怎么样吗？至于吗？"

贝雪不想再听见这三个字。

贝雪把电话打给了常赢，她站在被剪坏的衣服上，对着手机说："小子，把押金一分不少地退给我，不然我打断你的腿。"

贝雪说完，笑得瘫倒在床上。

6

十天后，贝雪在看守所门口接到了何毅。何毅瘦了些，精神却好，见到贝雪，他先要了一根烟。

"憋死我了。"他说。

贝雪告诉何毅，警察锁定了嫌疑人，一个修车厂的小工。谈露露有钱，但是不舍得去 4S 店给车做保养维修，总是找最便宜的地方，小工在此之前都没见过这么高档的车，下手拨弄，留下了隐患。警察抓人的时候，他还在和同伴吹嘘自己多胆大，手艺多么高超。警察怒极反笑："你丫从来不看新闻吧？"

医美中心现在来了一个新老板，姓白，据说以前是个运动明星，后来沾上了赌和毒，落魄了很久，现在倒翻身了，有老有小有家业，换上体面衣服，对着镜头落了两滴泪。可以理解为伤情，也可以理解为浪子回头。还有曾经的球迷为此感慨万千，热泪盈眶。

贝雪觉得白老板眼熟，绝对不是十年前的一眼之缘，后来想起好像在北京见过，在那人组织的某次饭局上，白老板低调和善，疯狂灌酒。贝雪心里忽然动了一念，这一切似乎是另一种样子，她及时杀死了这个念头，因为好像真的没必要了。再追究下去，无穷无尽，对谁都没好处。

贝雪说："我要走了，去南方，海口、大理、桂林。先去哪儿没想好，那么多地方想去，没去过，想都走走。你多保重。"

贝雪说："有些东西存在就是存在，没有任何办法能让它们彻底消失，只能带着背着负着一起走下去，所谓宿命，如此而已。"

贝雪说："天下这么大，总有个地方能够寻得一点平静，不能的话就换一个地方，或者不用换，只要我足够坦然，不强求，不遗忘，不原谅。"

贝雪和何毅边走边聊，踩碎了一地落叶。她好像变了一个人，目光依旧清冷，可整个人却轻松了些。何毅想，这是不是跟谈露露的死有关？谈露露真的是死于小工的无意之举？他记得他提供给贝雪的资料里包括谈露露的日常行踪，好像也提到了那家不入流的修车厂。他想得有些重，呼吸便急促起来。他强迫自己停止联想，看那些愿意彰显于眼前的，好过追究所谓真相。或者，每个人都是受害者。

贝雪说，每个人都有伤疤，我们要学的只是共存。

何毅看着贝雪，她的目光依旧清亮，如一潭水，清澈，不见底。他想什么样的人会舍身舍命扑进去？不知道，反正不会是他。这一刻，他看清了自己的懦弱。他无法对抗的东西太多，道德，规则，良知。他只能缩进自己的壳中。他永远无法成为贝雪这样的人，直面一切，哪怕明知会疼痛和失败。这真的很了不起。

贝雪把何毅送到了北国之星，夜幕升起，灯火辉煌。贝雪看着何毅走进旋转门。

晚上何毅喝醉了，老板助理坚持要给他洗尘，上了最好的威士忌。何毅在琥珀色的酒里看见了所有过往，他曾经坚信的一切，放弃的一切，他连连举杯，敬纸醉金迷，敬声色犬马，敬物欲横流。

多好，有足够的物质和金钱就能掩盖所有真相。真他妈的好。

何毅醉了，一夜无梦，天亮时醒来，阿音端着一杯柠檬水坐在床边。最好的柠檬，最好的矿泉水。他还有什么不满足？

7

与此同时，阿南正在湘南小镇破旧的石凤下袒露胸膛和负责拆迁的工程队对抗。父亲已经过世，母亲病在乡下，阿南认为这个装满了糟糕过往的院子至少应该换成三层新楼外加几十万元现金。为此阿南和街道谈，和镇工作组谈，和开发商谈。他扬言若是他们不肯，就把母亲从乡下接回来，扔进屋里，浇上汽油，和所有看不得他们好的人同归于尽。阿南言辞激烈、态度强硬，政府工作人员败下阵来。

开发商在深入研究后决定将问题交给施工队。施工队是从邻县各处招来的闲散人员，平素个个游走乡间，以蛮横霸道著称。他们先礼后兵，在递给了阿南一根烟之后发怒，其中一个矮个子抄起铁锹狠狠砸在阿南的后脑上，紧接着另一个人的铁锹也顶在了阿南胸前。阿南看见血从头顶流下来，从胸前奔涌出来，不可置信。

阿南在医院里躺了很长一段时间，再没苏醒。

8

2008 年的秋在某场从西伯利亚吹来的寒流中倏然终止。

在贝雪的坚持下，何毅没有送站。其实何毅到了火车站，只不过他送走的是阿音。有人固执于拨乱反正，也有人喜欢用逃避抹平伤疤。谁对谁错？

阿音说："你是个好人。"何毅没吭声，他当着阿音的面撕碎了欠条，随手一扔，纸片如雪花飘落，像是石砖上的浅浅伤疤。

走出站台，何毅看见真的雪花落在地上，转瞬即逝。

红白

> 我爷说，
>
> 只要痛快，
>
> 怎么活都有理。
>
> 我想，
>
> 我还年轻，
>
> 有大把时间翻篇重来，
>
> 我一定珍惜，
>
> 这真他妈的不错。

第一章

1

红白是两条狗的名字。

两条大狗，杂种，混着土狗和某种狼狗的血脉。一只瞳孔发红，叫一红，一只头顶上有一撮白毛，叫二白。在我很小的时候，我心里认它俩是爸妈。

一红二白脖子上都挂着铃铛。和其他六条狗一样，它们是我家的主要劳动力。阳城冬季漫长，冰封湖面的时候，我爷就在南湖公园的湖面上竖起一个木牌，用粉笔写上"狗拉爬犁，五块钱一圈"。跟别人家的爸妈一样，一红二白上班挣钱。我爷坐在木牌后头，抽臭死人的旱烟，卷烟纸是从我用过的作业本和试卷上撕下来裁剪好的，好的坏的成绩跟着一起"灰飞烟灭"。我在一边抽冰嘎，冰嘎是我爷唯一的朋友老谷给我做的。老谷是个木匠，木牌也出自他手。

生意不算好，一家一个孩，个个当成眼珠子，舍不得让他们靠近一点危险。哪怕狗们并不危险。人更危险，不管是陌生人还是所谓熟人。我爷说的。我曾尝试把手伸进每条狗的嘴里，它们从不咬。它们在冰面上或站或趴，头低垂，目光温和。我偷偷期盼地看着那些孩子，希望他们更坚定一点。对，吵闹起来，在冰面上打滚。对，别怕，不疼不冷，不让玩就哭个天荒地老。可孩子们多半让我失望，他们总是会被糖葫芦和旋转木马转移注意力。

"狗拉爬犁有什么好玩的，你看那狗多脏？身上不光有细菌，还有跳蚤。"

我冷冷地看着说话的人，多是些衣冠楚楚的女人，穿亮色羽绒服、黑色皮靴，拽着那些小崽子离开冰面。她们有个统一的称谓——妈妈。她们的嘴唇一开一合，视线落在我身上。我知道我什么样子，脸是脏的，短如杂草的头发上沾着狗毛，几个小洞散落在红色棉服的衣襟上，有我自己剐的，有我爷烟头烫的，里面的棉絮早被我抠掉了，只剩黑乎乎的空洞，衣服上同样沾满了狗毛。如果我因此卑微羞怯，她们兴许会有一丝同情。但我蹦跳嚣张，她们只剩下满脸嫌弃。

我不看她们了，继续看着一红二白，它们也巴巴地看着我。二白走过来，蹭着我的腿趴下，暖身子卧在冷冰上，呼出一口白烟，眼里似乎有泪。二白生过几个孩子，被我爷送人了，几只小狗被抱走的时候，二白哭了，红眼珠更红，血淋淋地看着我爷。我爷抓起木牌砸过来，正好打在一红的后腿上，一红低吼了一会儿，转身走开。二白悲伤地看着一红。那悲伤一直停留在二白眼中，经年累月不见消散，像极了一个人，我拼命想也想不出那个人到底是谁，悲伤泛滥，终于将湖面轰开。

我好像掉进了洞中，被冰冷的湖水包裹。我在几乎要窒息之时醒来，身上又湿又黏，恼人的阳城的夏，还不到四点，阳光已经破窗而入，我想起，今天是我结婚的日子。

2

尹芝是我的婆婆，我丈夫张声的亲妈，我从没见过她，当然，她活着。我想我们早晚会见面。张声不这么认为，张声认定自己没妈。

"少跟我提她。"他黑着脸说。我说："对，你多牛啊，你跟孙悟空一个属性，都是从石头缝里蹦出来的。"张声恨恨地看着我。我漂亮，在齿科做高级技工，月薪超过事业单位同龄人。我爸妈都有退休工资，虽不富裕，但绝不是负担。张声其貌不扬，创业失败，负债累累，现在在家具城卖沙发，对外宣称自己是东三省总代理，其实连底薪都没有。所有人都说我找张声算是下嫁。张声拿我没辙。"你怎么就看上了他？"很多人问。实在厌烦的时候我用关你屁事的口吻答："兴许我瞎。"张声也问过我，我俩喝了一瓶老龙口，他醉眼蒙眬的时候问："你怎么就相中我了？"他以为我也醉了，想套我的话，其实我根本没喝几口，都吐纸巾里了。我装醉眼蒙眬地答："谁知道呢？能说出来的都不叫真喜欢。"他信。

我婚礼这天，尹芝托人送来一封红包，薄到使人失去打开的兴致，和众多红包混于一处。晚上回到新房，张声跪在床边拆红包记账，他说这些钱要存起来，将来做孩子的教育基金。我卸妆，暗自翻白眼，我想最多明天就会有债主登门，他们其中最凶悍的将拿走大部分。我不太在乎这些钱的去向，扭头对着他笑："老公，要不要吃夜宵？"我在厨房烧水下馄饨的时候，听见"啪"的一声暗响，接着是张声咬牙切齿的一个字，×！原来尹芝给的红包里面只有一张照片。我站在门口，看见张声把照片撕得稀碎，狗都啃不了这么碎。他生气的时候跟狗一样瞪眼龇牙。我知道这个时候，我最好不要上前。

"没事吧？"我端着煮好的馄饨回来，馅里有虾仁，汤里有香菜、紫菜和虾皮，喷香。

张声已经从暴怒里拔出半个身子，于是冷笑："那个女人真是不要脸啊。"

我看见地板上被撕碎的照片残骸，上面有破碎的阳光、云彩，有南湖公园大门的一边，"南湖"两个字幸免于难。那是我无比熟悉的地方，可能在很久之前，我和张声曾经擦肩，又或者在很久之前，他也是不坚持哭闹转而举着糖葫芦离开的一个。我不知道，我低头看着碎片，有两个被"斩首"的人形，孩子样的我想是童年时候的张声，另一个应该就是尹芝。可惜，我只看清了白底蓝花的布拉吉，白色高跟鞋。我继续用目光在地面搜寻，终于找到了人头，可惜人头模糊了，因为张声某一下原地旋转的力度，五官已经消失不见。

"她怎么敢？"张声提出质问和控诉，冷笑收起来了，眼睛有些红，像是受了天大委屈的孩子。那些委屈浓重得要把他淹没，而他无力应对，他还是那个孩子。孩子面对委屈的时候只会抱怨，哭叫，毫无还手之力，被拖走，被诱惑，被要求放弃。我从来不喜欢孩子，除此之外，他们仗着小，习惯了被原谅，不加掩饰地表现出残忍，明目张胆地仗势欺人。当然，我也曾是个孩子，那会儿我也讨厌我自己。而此刻张声很明显是想得到我的同情和怜悯，进而让我成为他的坚定同盟。

"吃吧，一会儿凉了。"我坐在床边，尽量温柔。

张声看了我一眼，应该是想起我们毕竟是新婚，这是我给他做的第一顿饭，哪怕只吃一口，也算给面子。他吃了。

我可能是因为太过困倦，嘴跑在脑子前，说："你也没必要生气，不然呢，你还以为里头塞了一张银行卡？总要一步步来。"

我想表达的意思是先有情感铺垫，再谈其他。中国人办事喜欢这样，东北人更甚，不管做什么，先称兄道弟论论籍贯出身，从中寻找到可以拉近距离的枝节，比如我姨姥家的表姐的老公的弟弟和你一个小区，这就算熟人。熟人太多，也叫人厌烦。

张声半天没吭声，忽然安静，必有怪异。我偷瞟一眼，见他也在偷瞟我。我瞬间醒神，说错话了。

"你认识她？"

"听说过，没见过，算认识吗？"

"听说什么？"

"听说她和你爸关系一般。"

"没了？"

"没了。"

"就这样？"

"就这样。"

"以后少打听。她跟我没关系，彻底没关系了。"

"那早点睡吧。"

张声不睡，继续在屋里转悠。我睡着了，强撑的结果是睡不踏实，各种乱梦，冰、狗、老谷缺了门牙的笑，我站在悬崖边，不上不下，心里却是踏实的。估计周公也只能长叹。快天亮的时候被一声惨叫惊醒，我睁开眼，看见张声坐在窗台一盆偌大的仙人球上。我没忍住，笑了。

3

债主们从我新婚的第二天开始登门，社会人，讲究，拎着水果，自备烟酒熟食。"嫂子麻烦给切切。""弟妹你家酒杯都放哪儿了？"张声屁股上了药，趴在沙发上，五体投地地投降。我找到缺油少醋的借口溜出去，没人拦着，面子上大家都好看。等我在外头转悠一个小时后回来，债主们撤了，茶几上留着红肠烧鸡，张声还保持着趴的姿势，好像一动没动。我心里清楚，全部红包都消失了。

看破不说破，我进厨房包饺子。后来我想，张声可能是在这一刻真的爱上了我。饺子摆上茶几，韭菜三鲜馅，每个里头都有虾仁。我吃虾过敏，张声吃了半盘子，说："媳妇，我打算在家具城弄个档口，自己干。"我说："行。"张声说："我想把房子押给银行。"我说："你是房主，你说了算。"张声说："你放心，以后我肯定让你过好日子。"我说："你受累，多吃点。"张声把一盘饺子吃光了。

张耀华来的时候茶几上就剩了半瓶老龙口，债主们留下的，他也不用杯，拧开灌了一口，张声还趴着，把脸扭过去对着沙发靠背。我紧着在冰箱里翻，把冻肘子扔进微波炉解冻，才笑嘻嘻地站在一边。

"爸，你咋来了？"

肯定是有事。张耀华笑眯眯地看着我："都是一家人，不客套。你俩啥时候搬？"

我愣了一下。刚说要抵押，现在要搬家，这房到底是谁的？一个姑娘不能许俩婆家。我走到张声身边，说："起来，爸找你说话。"

张耀华只盯着我："一礼拜够用吗？"

我觉得我好像被圈进了一个局，所有一切都超出想象，这不对劲。

我碰碰张声的腿，提醒他这会儿不适合装傻。

张耀华笑着说："那你们先商量个时间，三天五天，哪怕十天半个月，给我个准信。"

老头说完走了，拎走了剩下的小半瓶酒。

我碰碰张声的胳膊，该发火了，我把玻璃杯重重地砸在茶几上，发出脆响。"到底怎么回事？你现在必须说清楚。"

事简单，张耀华有两套房，一套两室一套单间，都是回迁房，七楼，顶楼，没电梯。两室的房证上写的是张声的名，可张耀华有言在先，在他死之前，这房子还是他做主。张声要结婚，作为亲爹，张耀华发扬风格让张声先住进来，亲戚朋友面子上好看，等结完婚，房子还要还给张耀华，张耀华也找了一个老伴，等着住新房。

我有一瞬间惊呆。张声说："我没想到他真能这么不要脸。"张声的意思是，我俩都住进来了，生米煮成熟饭，张耀华也没辙，谁能让新媳妇搬家呢？亲戚朋友知道了要笑掉大牙。张声小看他老子了，张耀华觉得亲戚朋友一定认为这一家父慈子孝。一念之差，爷俩弄拧了。

张声说："搬吗？"

我白了张声一眼，现在已经明白了他的心思，把这房子抵押出去，把那套单间占上，赚了钱买大房子，赚不到钱，也不至于流落街头。他这算青出于蓝。

我冷笑，说："随便。"

张声知道我看穿了他的心思，眼神跳了一下，说："刘佳，我觉得你和之前不一样了。"

"之前我什么样？"

张声回答不出。有些事情只能心照，所以只要矢口否认，别人就拿你没辙。

4

我和张声是在朋友的饭局上认识的，整个桌上就我俩都是单身，饭局的隐藏目的不言而喻。我和相熟的人笑，小口喝啤酒，中间跑去卫生间补了一点腮红，张声后半程一直盯着我看。走的时候张声躲着众人眼拽我衣襟："我送你回家。"我没拒绝。

这就算开始了，接下来是按部就班的恋爱，每周约会一次，看电影，吃饭——烤牛肉或者涮火锅。张声喜欢聊大事，大钱，房产股票基金，数目惊人，透露出他胸怀大志。我点头，帮他夹菜，递纸巾。偶尔跟着他的朋友去 KTV 唱歌，洗澡。张声话少了，听着人家说最近什么生意赚钱，从 B2B[①]到狼人杀酒吧，包罗万象。他找到合适的气口说："下次有好事别忘了我。"朋友脸上就浮现一层不屑，见到我在旁边，生咽下去，说："行啊，你把钱准备好。"说完又看我一眼。我低着头，认真装傻。

每次约会结束，他送我回家，都会在楼下水果摊买一个西瓜，

---

① 英文 business to business 的缩写，商家对商家的电子商务模式。

让我带回家和爸妈一起吃。我送给他托人在泰国买的防晒喷雾。在吃了十个西瓜后，他问我要不要结婚。我说好。接下来便是见家长，固有且必要的程序。

张声带了张耀华来，头次见，老头驼背，穿一件大花衬衫，戴着一顶礼帽，老头说自己是阳城工学院教授，实际上他只是工会干事，到退休连个科长都没混上。老头说自己享受高级待遇，学院早早就给分了三室一厅的住房。实际上房子是抢来的，当年学院新建家属楼，教授们住上更宽敞的新房，腾退了一批六十年代的老楼，职工们个个眼红，老头先下手为强，一手拎着酒瓶子，一手拎着念小学的儿子跑到院长家连哭带闹，院长没有处理这种流氓行为的经验，心里还根植着动乱年代的疯狂和被残害的记忆，心一慌，点头应了。后来闹事的多了，院长也长足了见识，明白现在闹事的人和当年喊着口号的人绝非同类。当年的人充满了狂热的理想，破坏一切的底气十足，毁灭得越彻底越好。现在的人为了私人目的来闹，张牙舞爪，内心空虚，要结果，怕后果。于是他把手按在电话上，要么打给保卫科，要么直接打给公安局，全看来人手里拿的是酒瓶子还是菜刀、嘎斯罐①，反正再没让人得逞过。老头得了天大的便宜而不自知，还当成英勇的胜利，一生少见的辉煌。

饭桌上，老头说："刘佳啊，你跟了张声，独门独户另过，我不用你们管，你们过好自己的日子就成。"老头用这种话来再次印证他的身份，有学问，开明，区别于其他小街小巷中晒太阳、下棋、喝大碗茶的那些老头。他等着被赞美，眼神扫到我妈身上。

---

① 煤气罐。

我妈没打算开口，但受不了冷场，只好找出一句："您爱人呢？怎么没来？"老头愣了，像被打中了麻筋，脸上的皮轻微抽搐。这怪我，我忘了告诉他们张声的妈没了。不是死了，是走了，走得无影无踪。所以是没了。这比死了更难以解释，所以我估计我是故意忘的。我瞟了一眼张声，他脸皮紧绷，头低下三分，耳朵支棱着，等着听他爸如何圆过去。老头停了一会儿说："在外地呢。"看吧，也是含糊的。我妈存了心似的，也可能是把这回答当成了鼓励，继续问："出差啦？什么时候回来啊？"老头又顿了半秒，礼帽边上能看出一层薄汗，说："驻外，常驻。"我妈明显被这两个词给弄晕了，在这之前，她只在新闻上听过这俩词，一般都用来形容高级别的外交官员，大企业的领导。寻常百姓最多是出差。我妈觉得她露怯了，补救的办法是不再追问，目光盯在菜单上，问我爸是糖醋鱼好还是干烧鱼好。我爸也在冒汗，说："让张老师定。"老头接过菜单，点了一条松鼠鳜鱼，说这家店就这松鼠鳜鱼是地道的。老头说得笃定坦然，脸上是领导一样的肯定神色，服务员在一边连连点头。老头说："让厨师别藏着手艺，我请客，丢了面子，我找你们老板说话。"老头说得煞有介事，我爸妈除了听命，再无他话。我看到了他们难以抑制的羞怯，从毛孔中，从料子细密的针脚处泄露出来。后来聊到婚礼细节以及陪嫁聘礼，老头全盘做主，桌上没人有二话。

张声应该是觉得婚前的我懂事，随和，从来不会咄咄逼人，更不会提出任何让他不舒服的要求。完美的妻子。可刚结婚两天，我的随和就长了刺。他不舒服，只是一时还拿不出证据来。

5

婚假没结束，张声病倒了。头晕，恶心，想吐，腿软到站不起来。他不想去医院，社保断了，看病太费钱。我扶着他下楼，命什么时候都比钱重要，再说我认识不少医生，花不了几个钱。张声看我的眼神柔和了几分，他把身子靠过来，头挨着我的耳朵，嘴巴里吐出混浊的热气。

在医院折腾了大半天，血检、尿检查了一个遍，没查出什么毛病。主任说可能是劳累疲乏心力交瘁所致，先静养。当然想住院也可以，能想办法挤进去，只是好像没什么必要，也休息不好。主任说得恳切，张声看看我，说："回家。"

张耀华在楼下等着，脸色有些不好，见我扶着张声走回来，他扬了扬手里的钥匙，问："啥时候换的锁？"张声没答，冷着脸往前走。我见有邻居开始放慢脚步，忙挤出点笑容说："爸，家里说。"

还好，进了门，老头想起来问一句："啥病？"张声躺在床上哼哼，老头看着我，我说现在还没确诊。老头说："就是不能搬了呗？"老头怀疑张声装病不搬家，搁谁都得这么怀疑。老头坐在窗边上说："你这样就没意思了。"张声一口吐了，老头起身躲，还是溅了半身。回来之前，我和张声在老四季吃了碗面条，没消化的面挂在老头裤管上。不管怎么说也是亲爹，老头一万个不乐意也得忍着。老头嘟囔说那就缓三天。张声躺回去，我找抹布擦地，老头自己走了，不用人送。

晚上我从三宝粥铺买了海鲜青菜粥，张声喝了大半碗，说有点咸，不如我做的好吃。我让他趁着没吐赶紧躺下睡，睡着了就不吐了，兴许明天起来就好了。张声看着我，有些感动。他说他从小病了都没人管，感冒了躺着，得肠胃炎了躺着，一次赶上急性阑尾炎被老师送到医院，老头接了电话来，在手术通知单上签了字，没等他出手术室就走了，说是还有牌没打完。那会儿老头热衷桥牌，哪里有牌局就往哪里凑，也不管人家愿不愿意跟他一起玩。大多数时候他上不了场，在一边臊眉耷眼地看着，那也不走，宁可看着。还知道给人添水点烟，换个站票。好不容易轮到他，被张声的急性阑尾炎搅和了，他求着人替他，说好了马上回来。医生看不过眼了，老师都觉得有些匪夷所思，张声病愈后，考试不及格，老师没批评，只是叹口气："也是难为你。"

张声想起了伤心事，眼里泛了点水色，抓住我的手，他说："现在好了，有你在。"他手心里全是汗，冰凉黏腻，我很想挣开，可还是做出十指紧扣的样子。我说："你早点休息，别想这么多。过几天就好了。"

我婚假休完了，又请了一礼拜事假。领导表示了不满，我说那我辞职。领导表示了挽留。我说没必要，反正也没打算干一辈子。我离开后，同事怀疑我嫁了一个大款，在各种传说中，我几乎都有个平步青云的结局。我觉得挺好。

我继续照顾张声，一日三餐，洗衣打扫，我知道这种日子不会持续很久，所以在张声发无名火，砸盘子摔碗撂脸子的时候毫无怨言。

6

尹芝给我打电话约见面的那天，张声尿在了床边，他连走到厕所的力气都没了。我帮他换了衣服，安慰了几句，接着就是老生常谈："住院吧，不行就去北京、上海，去到天涯海角也要把病治了。"张声没吭声，他知道我没工作，家里坐吃山空，更何况没山。张声想管老头要钱，借，打欠条，给跟银行一样的利息。老头吭哧半天说，钱都压在一个理财产品上了，动不了。我说没事，我想办法。老头这次没提让我们搬家的事，唉声叹气地走了。张声琢磨着还是要把房子抵押了，这钱不投资，看病。张声说等这半天就去办手续。我没二话，在床边给张声准备了水和面包，我说我去借钱，要是饿了就先自己垫补一口。张声眼巴巴地看着我，生怕我一走就不回来了。

尹芝约在了领事馆边上的蓝山咖啡见面，我提前半个小时到了。下午阳光正好，又逢周末，咖啡馆里多是谈恋爱的青年男女，每个人都很小心地品尝手里那杯小小的褐色液体，露出享受痴迷的表情。杂志上说过，蓝山是顶级的咖啡。

我选了最里面的角落。靠着半扇窗，我点了两杯咖啡，先结了账，我想不管一会儿我们聊得如何，我都可以进退有据。

我一会儿看着窗外，一会儿盯着门口，我想在她看到我之前捕捉到她。其实这没有任何必要，但我觉得这会给我一种有备无患的错觉。在被等待拉长的时间里，我又打量了咖啡馆，架子上堆放着来自五爱市场的英国骨瓷，音响里播放着灌录好的理查德钢琴曲，穿着并不合体的制服的男服务员尽量保持端庄的笑容，随时等待客人点单或因为价格抱怨投诉。尹芝寻了这种地方，很大概率也是为了假装新潮体面，和老头点的松鼠鳜鱼如出一辙。我松了一口气，这样的人不难对付。

半个小时后，我看见一个高挑的女人穿过街道，她穿着一身米色针织裙，配着不算夸张但足够耀眼的珍珠项链，每一颗都在阳光下闪耀着七彩光芒。这绝不是景点出品，更非劣质货。好吧，其实我没见识，只是公司老板娘酷爱珍珠，每次来公司巡查，顺便都会给我们讲述珍珠的优劣和传说，保证我们足够优秀的话，就可以去澳洲旅游并有足够的奖金来购买优质珍珠。我断定，尹芝戴的这一条，绝对比老板娘撑门面的那套香港某珠宝行的藏品还要贵。我在惊愕后明白，关于尹芝，他们说的和我猜测的都有偏差。

是的，我打听过尹芝，她是张声的亲妈。在嫁给张声之前，我必须要对她有所了解。

第二章

1

　　尹芝是被抱养来的，她的亲生父母在那个动荡的年代是阳城知名右派，在一次批斗大会后决定自绝于人民，在临死前，她父亲把刚满两岁的她送到了烧锅炉的老尹手里。她父亲和老尹算不上有交情，一个大法官和一个烧锅炉的，本扯不上关系，只是因为同姓，又不是太常见的姓氏，自觉多了一份亲近。见面的时候她父亲总先点头打招呼，这让老尹有受宠若惊之感，赶忙挤出一脸热情的笑容当回礼，问候道："尹先生早，尹先生吃了吗？尹先生下班啊。"她父亲再点点头，走远。老尹继续推着堆满煤块的手推车干累活。她父亲带着旧时代残留的儒雅和迂腐，觉得老尹厚道，实诚，是个妥当人。加上老尹结婚多年，尚无儿女，她父亲觉得可以托付，她父亲说不求你把她当作亲生女儿，只要让她能平安长大就好。老尹本想抱养个男孩，可惜男孩不好找，会被丢弃的大多身体有残疾，又低头看看尹芝，小脸白净，头发黑密，眼珠灵动，是个精心喂养到两岁的丫头，聪明，健康，手指头一个都不缺，两瓣嘴唇完整红润，就应了下来。老尹以为她父亲和母亲是准备到干校去，还担心过几年风云再变，他们回来要孩子。她父亲苦笑，说："不会的，君子一诺千金。"老尹在那脸苦笑中看到了承诺的意味，但没嗅出死亡的气息。后来他说早知道他就不要这个孩子了，要是孩子托付不出去，尹先生两口子兴许就不会死。

尹芝在老尹身边长到五岁的时候，老尹媳妇生了个男孩。老尹和媳妇商量，想把尹芝转送出去，不能怪他们心狠，实在是家里没有余粮。老尹媳妇从乡下来，有哮喘，没工作。一家子全靠老尹那点工资过日子。老尹甚至觉得自己如此决定是在做善事，可不是嘛，送给一户好人家，好吃好喝，比跟着他们吃糠咽菜强。老尹理直气壮，开始行动，苦心有所收获，找的人家确实不赖，两口子都是当兵的，没孩子，就想要个女孩，更好的一点是两人要跟着部队去南方，带着孩子走，把阳城和过往一起割断，没感恩，没惦记，没抱怨，真正的一拍两散。老尹觉得这简直是尹芝最好的归宿。唯一不好的是尹芝年纪大了些，人家想要更小点的，不记事，才好完全当成自家孩子，才好断了所有隐忧。可他们说，要不先见见？看来也是许久没找到合心意的，有点机会就不想放弃。

老尹被介绍人带着，手里牵着尹芝，蹑手蹑脚地走进部队大院，坐在暗红色皮革沙发上，手搓着，指甲缝里的黑煤屑忽然变得有些刺眼。他有些渴，看着茶几上透明杯子里泡的茶水，没好意思伸手去够。茶水旁边摆着几个苹果，他也不好意思吃。老尹调动出满身的关节肌肉皮肤，挤出一大朵讨好来，捧到军人夫妻跟前。老尹说家里日子虽然苦，可孩子没受过委屈，聪明，机灵，听话，孝顺。老尹把能想到的好词一股脑地装饰在了尹芝身上，好像在介绍一款物美价廉的好东西，不买就可惜了，错过这个村就没这个店了。老尹差点说，五岁是记事了，可孩子是狗，谁有肉就跟谁走。老尹没说是因为怕太露骨，他还不知道这句藏在舌头底下的话才是真理。这在之后一段时间里让老尹颇为后悔。

军人夫妻的目光透过玻璃窗往外看，看见尹芝穿着一身簇新的衣裤，站在院子当中的葡萄架下，葡萄藤上刚挂了青的果，尹芝抬头巴巴地看着，像看够不着的好日子。她小脸洗得雪白，从葡萄叶间隙漏下的阳光在她脸上勾勒出闪耀的光晕来。军人夫妻有那么点动心。夫妻俩对了一个眼神，介绍人立马起身把尹芝拉了进来，推到夫妻俩跟前，让他们更仔细地看清楚她的眉眼、骨骼。介绍人拉着尹芝转了两圈，三百六十度展示后说："看看这孩子水灵得，看看这长胳膊长腿，将来一准长大个儿。"介绍人说完顿了三秒，忽然哎哟一声，所有人吓了一跳，都盯着她，她说："哎哟哟，看起来跟你还有几分连相呢，这可是天大的缘分。"女军人眼眶忽然一红，充满了水色。男军人在是否放弃坚持关于孩子年纪的问题间犹豫，他还有一个问题，就一个："你愿意跟我们走吗？"尹芝并不知道这话会决定她的一生，只跟着直觉脆生生地答："愿意。"干吗不愿意？这家里有好闻的味道，女军人脸颊红润，目光温柔，男军人虽然不笑，但语气也是温和的。这家里还有她没见过的沙发和五斗橱，她想留下。男军人先喜后忧，女军人先喜后忧，五岁了，懂事了，怎么一点情分都不念？虽说也是养父，但好歹养了三年，养个小猫小狗都知道蹭蹭腿呢，她连眼睛都不眨一下。其他的毛病都可以改，比如言谈、举止、气质、动作方面的，可天性凉薄改不了。军人夫妻不用对眼神也知道了彼此的心思，雷厉风行地做了决断。介绍人惯知眉高眼低，心里凉了，连老尹都在瞬间后知道，这笔买卖黄了。本来他还打算开口要一点谢礼，毕竟是他把尹芝养了三年，吃的米面、穿的衣裤，总要有个说法。后来尹芝想，如果那会儿她也犹豫一下，哪怕她回头看看老尹，表现出一点不舍和眷恋，结果是不是就会不同？或许她就成了某地军队大院的孩子，在适当的年纪也穿上军装，嫁给一个军人，享受平稳优渥的生活。这些都成了泡影，人生有无数种可能，无数种事本该发生但没发生。

老尹带了尹芝回家，老尹媳妇正在给儿子熬米汤，她没奶，吃了几顿臭水沟里钓来的鱼煮的汤也不下奶，儿子饿得脸皱成老头了。老尹把夫妻俩送的奶粉拿出来，媳妇眼睛亮了，她在商店见过这种好东西，只是买不起。现在有了，儿子还怕养不成年画上的胖娃娃？老尹转身蹲在门口叹气。媳妇喜后转忧，奶粉和尹芝一块回来了，还有半袋子苹果和没成熟的葡萄。临走时，尹芝问女军人："能给我吗？一颗就行。"女军人叫男军人上梯子摘葡萄。女军人说："你喜欢吃葡萄？"尹芝说："我没吃过。"老尹媳妇出来进去无事忙，踩烂了葡萄。许是故意的，谁知道呢？事实上，结果摆在眼前了。她还是不愿意死心，连声问："成没成，成没成，为啥呢？丫头有啥不入他们眼的？"老尹啐了一口浓痰，起身走了。老尹闷了喜欢喝两口，隔壁有拉板车的老光棍，一堆酒搭子。老尹媳妇扭头看尹芝，眼神又冷又硬，尹芝正蹲在地上把踩烂的葡萄塞进嘴里，葡萄迸溅的汁液落在了衣服前襟。尹芝打了一个寒战，酸的，也有怕在里头。老尹媳妇抄起灶台底下的火钳子，劈头盖脸地抽下来。"刚做好的新衣裤，就这么白糟践东西？你还能干什么？要债鬼，扫把星！"尹芝在叱骂声中被扒下了衣裤，老尹媳妇说要改一下给儿子穿。

过了一些天，尹芝因为那些奶粉又挨了一顿打，差点丢了小命。老尹媳妇把奶粉收在碗架柜顶上，打算每天挖出两勺，给儿子补充营养。尹芝有时候站在一边看着，甜腻的香气经由她的鼻子在她身体里翻腾。老尹媳妇白她一眼："还不赶紧扫地去？还不赶紧烧水去？还不赶紧把炉灰倒了？一身懒肉，不打不动的贱骨头。"尹芝走得一步三回头，鼻子闻不见香气了，眼里还是被下了钩子。真忍不住了，她半夜爬起来垫着凳子偷挖着吃，她不知道她本来就是吃这些东西长大的，那种甜腻浓香的味道在进入嘴巴的瞬间，挑起的是消失的记忆。她本来只想吃一口，就一口，没想到吃了大半袋，越吃越想吃，越吃越饿，后来干脆把脸埋下去，直接用舌头在袋子里搅动。她贪婪的样子像从没吃过饱饭的孤兽。听到声音的老尹和媳妇站在厨房门口目瞪口呆。忘了到底是谁先清醒过来的，只记得夫妻俩配合默契，一个扑过去抢救奶粉，一个抄起立在门边的火钳子照着尹芝狠狠抽下去。尹芝感觉到痛的时候，舌尖还染着一点白。她没哭，眼泪自己落下来，但她没求饶，没认错。

2

和那个年代大部分人一样，尹芝初中毕业去了辽西某村广阔的天地施展抱负去了。和大部分人不一样的是，尹芝走的时候开心得不得了。那会儿老尹办了病退，两口子在家不错眼地盼着儿子成人成才成势，恨不得把竭力搜刮出来的一点糖末、一滴油星都塞到儿子嘴里。尹芝没了送人的指望后也失去了上桌吃饭和穿新衣的待遇，每次都是三口人吃完后，尹芝在厨房里有什么吃什么，多数时候没剩什么，锅巴，菜汤，咸菜，弟弟吃剩的半个窝头。就这也不耽误尹芝长个儿，小学毕业，尹芝就长成了大姑娘的样子，个儿高，腿长，胸脯开始冒出鼓的趋势，衣服不合身，太小或太大，这也挡不住人看过来，夸过来：看看这眉是眉眼是眼，看看这白净的脸，看看这粗的辫子。老尹把夸赞照单全收。可不，尹芝能长这么好，还不是他们老两口加小一口的功劳？从他们嘴里省下的粮食，养活了旁人，老尹家多善的门风，将来该有多么荣耀的好报？老尹和媳妇偶尔盘算起来，眼光长远地看向未来，再忍几年，再让她吃几年白食，等将来许个好人家，一次性把他们的辛苦和付出都收回来。老尹以为尹芝小，不懂，其实尹芝心里都清楚，她巴望着早点逃出去，以后的日子，好坏自己担着，再不济，也不至于吃口饭都像做贼。

　　尹芝带着单薄的铺盖卷在某个清晨的薄雾里离开了老尹家，打定主意，一去不回头。可惜人算不如天算，尹芝下乡的地方太过穷苦，她自以为过惯了苦日子，可还是被满地乱跑的一尺长老鼠吓掉了魂，被一点油不见的烂白菜汤弄倒了胃口。在老尹家厨房，她多少还能从油瓶子里刮出一点荤腥来，在这儿，烂白菜汤跟猪食一个味道，还不如猪食稠。尹芝一边跟着队长扛着锄头修理地球，一边惦记如何返城。不管什么时代，只要有人有阶层就有空子可钻。有人办了病假，找不出缘由的头疼肚子疼，只要医生盖章大队放人就可以登上回阳城的火车。有人去当了兵，挂上大红花在人武部的卡车上绕着县城游行，然后登上了或南或更北的火车，车厢里都是一样挂着大红花的新兵，他们不怕打仗，只惦记能吃上白面馒头。有人被招了工，有阳城的纺织厂、轧钢厂，也有当地县城的糖厂和化肥厂。人们逃似的走了，全忘了来时高喊的扎根口号。尹芝没走成，她没有门路，也没有家里的资助，门路是靠着那些来自阳城商店的布料烟酒换出来的，可那些需要亲爹妈给。她没有，也不敢指望有。尹芝踏踏实实地修理了九年地球，只休过一次探亲假。她回到阳城，老尹家里已经没了她的床，她睡在厨房地上，看见一只不够尺寸的老鼠在屋顶跑来跑去。好在就算磨出了两手硬茧，尹芝的脸还是白皙的，就算吃了九年烂菜叶、硬窝头，她的身体还是该凸的凸该凹的凹。也不是没机会吃点好的，大队书记有心把尹芝配给自己的儿子，不算委屈尹芝，儿子开拖拉机，家里饭桌上时不时有肉和白面馒头。大队书记叫尹芝到家吃饭，把碗装得冒出了小山尖，尹芝吃得香甜，狼吞虎咽，稀里糊涂，和书记一家子融为一体。书记老婆翻出了一床旧棉被，要尹芝拿回去垫在炕上，多一层暖。书记老婆指甲也是黑的，塞满了土灰煤灰甚至猪食。一家子看着尹芝，只要她接下，事就成了。尹芝挣扎了一会儿，推了。她想她不能在这儿活一辈子。凭什么？她打着饱嗝离开了书记家，哪怕日后书记给她小鞋穿，她也不回头。

那个晚上她忽然想起早就忘记了模样的亲爹娘，她凭着想象勾勒出他们的样子，体面的，高雅的，吃东西绝对不会发出猪一样的响声，笑的时候也不会露出小舌头和满嘴黑黄的烂牙来。她在累极了的时候在梦里和他们碰面，醒来后开始慢慢规范自己的行为，她隐约树立了一个理想，关于如何活，活成什么样子。

尹芝的坚持给她带来了一点小幸运，作为最后一批回到阳城的知青，街道厂早就满员了，她白天不好打地铺，便满街乱转，有次居然遇见了亲生父母的老友。本不该认识，可老友盯着尹芝恍若熟人的身段和神采，想起了当年种种。一问，居然真是故人之女。老友也是刚刚恢复待遇，还在帮着尹芝父母搞平反的事，听说尹芝没有工作，便拍了胸脯。回头找到领导，如此这般陈述一番，组织上也记得被错划成右派的尹家夫妻，有愧疚之心，对这点要求必须满足。尹芝被接收进法院工作。去报到的第一天，老尹就给尹芝买了一张床，别人家淘汰的旧床，但好歹也是一处栖身之所。尹芝回来看看，没吭声，转身把破包袱皮铺在床上，把单薄的铺盖再卷起来。"单位给我分配了宿舍，以后有空我再回来看你们。"尹芝要走，全不顾老尹脸色铁青，老尹媳妇拍着大腿骂没良心，白眼狼，扫把星。多年过去，她还是老词。老尹儿子翻着白眼，露出一点痴傻相。儿子脑瓜不灵光，年年倒数第一名，老尹知道将来一家三口都要指望尹芝呢，伸手阻止了媳妇的唾骂，一手接过尹芝的行李，亲自把她送到胡同口。老尹说："孩儿啊，知道你怪我，我没能耐，对不起你爸妈，可我好歹也没让你饿死、冻死。好歹你也长了这么大，没被谁欺负过。要是你还能念我一点好，多回来看看。你记住，再怎么样，咱们也是一家人，我不会害你的。"尹芝看着老尹越发驼的背，最终还是点了头。老尹看见她点头，心里踏实了些。

　　老尹开始张罗给尹芝介绍对象。老尹换上了最体面的一身衣服，退休多年，他指甲里早不见了煤灰，洁白整齐。老尹还把斑白的头发推平，试图支棱出一点精气神。老尹拜访四邻旧友，端出一副慈父的架势，他说尹芝命苦，从小没享过福，得找一个好人家。老尹与时俱进地提出了好人家的标准：有文化，有好工作，本分老实。有人想到了张耀华，亲戚的亲戚的亲戚。他父母已逝，是家中老幺，兄姊都已成家，各自有工作，他在大学里上班，不抽烟不喝酒，没事就喜欢看书。老尹连连点头，没负累，还有帮衬，弄好了可以当成上门女婿使唤。

尹芝第一次和张耀华见面是在中街的冷饮店，两人买号，排队，等着服务员板着脸轰着苍蝇挖出一大勺冰山来，奶油甜腻的香气让尹芝有一瞬间的恍惚，甚至忽略了张耀华一边吃一边不住吧唧嘴的声音。后来看见张耀华吐出一口浓痰，又伸出脚踹碎，尹芝才恢复了神志。

"小伙子人不错，跟了他你不吃亏。"老尹絮絮叨叨地说。尹芝不吭声，只是摇头。老尹没说，他已经收下了张耀华送来的烟酒和点心匣子，也没说点心都已经被儿子吃光了，残渣都被媳妇倒在手心舔干净了。老尹说你别以为自己有点模样，你要想清楚，你这样的出身，哪家条件好的要？尹芝还是不吭声，头低下来，看着像是要屈服，实际上是藏着两泡泪。老尹说到她的痛处了。尹芝本来自己相中了一个，公安局刑警队的，没事喜欢打篮球，高个儿、长腿、宽宽的后背，两人眉来眼去了一阵，还一起看了一场电影。小伙子态度突然就冷了，顶头碰见，他也把眼神拐个弯。尹芝不服气，硬是丢下脸面，把人堵在了走廊。幸好走廊没别人，尹芝问："为什么？"小伙子实在，通红着一张脸说："我妈说没爹娘的没人管教，将来过不好日子。"尹芝忽然笑了，扭头就走，心里涌起一股恶毒的念头：去找有爹有妈的去吧，看你们能过多好。尹芝想一定要比他过得好，这才应了老尹安排的相亲，可谁知道来了那么一个不体面的张耀华。老尹嘟嘟囔囔："是，个头差点，大个儿有啥用？上房照样要搬梯子。人家好歹是大学老师呢，说到哪儿也给你长脸。"老尹说人老实比啥都强，将来家里她做主，日子想怎么舒心就怎么舒心。尹芝想起来，对，张耀华比她矮半头，戴着帽子都比她矮半头。尹芝起身回宿舍了。

张耀华不死心，他想要什么总要想办法弄到手，哪怕用的手段下作，姿势丑恶，他认为实现目标比假装高尚体面更重要，如同多年后他冲进院长家，用他的办法得到他该得到的东西。张耀华开始每天到法院给尹芝送饭。他站在法院门口，对每个经过的人说他是尹芝的未婚夫，来给未婚妻送饭。尹芝恼火，驱赶，后来干脆不出现。张耀华对每个经过的人说："闹别扭呢。女人嘛。"终于有领导来问尹芝，话说得隐晦，大意是注意影响，珍惜来之不易的好工作。尹芝红着脸不吭声。

半年后，尹芝点了头。她想张耀华顶风冒雪地坚持，多少是有些真心的。又想，闹成这样，如果她不答应，恐怕也找不到更好的人了。

3

尹芝对婚姻没抱过大期望，她嫁给张耀华说不上委屈。进门就当家，公婆都早逝，搁什么年代，这都属于好命。这是外人看到的，也是外人说的。外人的话让老尹挺直了腰杆，不是亲生的，可他到底对得起天地良心。老尹开始盘算让张耀华帮儿子介绍工作，为此他几次登门，张耀华开始还含糊应对，也知道张罗几个下酒菜，陪着老丈人说几句不咸不淡的话，你可以听成是应允，懂事的话便知道是婉拒。这是张耀华跟学校里那些老师学来的，什么事都不往死了说，不得罪人。可惜老尹不够懂事，一次次来，来了就催，还带着儿子和媳妇一起来，进门就哭丧着脸。张耀华干脆冷下脸，饭也不留，转身出门，说要加班呢。尹芝便直白开口："你们别惦记了，没戏。"老尹恼了，老尹媳妇怒了。一个骂，一个哭。总归还是那几句话，白眼狼，扫把星。尹芝打开门，直接轰走了事。"你们总不想我把警察叫来吧？"老尹在楼道里骂："叫啊，找来啊，我看看警察能不能管管你这个不管爹妈的孽种！"尹芝当没听见，下了一锅面，把绿茄子烧成茄子丁拌着吃。

外人和老尹都不知道，关上门，尹芝和张耀华过的是搭伙的日子，对，很多年后，人们管这种生活方式叫 AA 制，透着体面、洋气，与时俱进。可当年，这种过日子的方式就是一个屋檐下的两样心思，谁跟谁都别亲近，谁也别占谁的便宜。张耀华的工资比尹芝高，可两人结婚，他提供了房子、家具包括修整的全部费用，尹芝算是净身进门，除了用自己攒下的几个钱买了床单枕套，其他一无所有。老尹没想过要给尹芝置办嫁妆，他和媳妇同样地两手一摊，白眼一翻："就这个破家，实在是拿不出来啊。"老尹倒让尹芝去问张耀华，彩礼如何算。张耀华领着尹芝看新房、新床、新桌椅、新衣柜，哪个不是钱？老尹差点搅黄了这门亲，一分钱落不到，白送一个养了二十来年的丫头，赔到家。老尹看着尹芝，他说他不是为自己，是为了她兄弟。老尹看着已经长大但两眼还是透着呆笨的儿子，还用说吗？家里没钱，儿子没工作，怎么娶媳妇？老尹家断了香火，都是尹芝的错。老尹说不看僧面看佛面，当初儿子要是能吃足奶粉，也许就会灵醒点。说来说去，是尹芝的错。是她父亲的一次判断失误，耽误了老尹一家的后代千秋。那会儿老尹试图说动尹芝，两眼居然落下浑浊的泪。尹芝冷笑，一语道破：法院给爹妈平反，还了抄家弄走的细软，还补发了一部分工资连带丧葬费，钱呢？她可一个大子儿没见到。她黑不提白不提，就算是报了养育之恩，做人不能贪得无厌。尹芝在法院浸染久了，说话有理有据，四个字的成语掷地有声。尹芝混忘了她其实也不是那么想嫁张耀华，但她真的想借着这个机会跟老尹一刀两断。老尹一张脸黑红，一直在里屋炕上的媳妇又拍着腿哭："好心没好报，天打五雷轰。"老尹就劝："等着看，等着看，到底咱们是娘家人，她不能真不管。"尹芝在歌一样的咒骂声中离开家，挺好，让街坊邻居都听听，她就是个没良心的不要脸的贱货，上赶着跟男人跑。她想这样挺好，跑了就不用回来了。她想她好歹也有个自己的家了。在这件事上张耀华完全赞同。只有老尹，打错了算盘，没捞到好处。儿子还是在家待业，粗壮的小伙子，没钱没工作，走到街上看着大姑娘眼热。老尹想尹家算是完了。

其实尹芝也想错了，她准备好了和张耀华过日子，把张耀华当亲人，但没想到在自己家过日子还要有两本账，一本比照另一本，不能多花一分钱。

张耀华说他来承担水电煤气费和房租，还没房改，公房也要交一点象征性的租金。尹芝负责家里的柴米油盐、日杂用品。张耀华的工资比尹芝高，可张耀华说，桌椅板凳不是钱？张耀华拿出当初买东西存下的发票，一张张清楚地写着年月日和金额，尹芝无话可说。

尹芝后来想，她结婚第一年的日子就跟还债一样。鱼肉酒茶，油盐酱醋，日积月累，顶上桌子腿板凳樘。夫妻两个，一个是债主东家，一个是欠债的长工。可不耽误要尽夫妻义务。张耀华闷声不响上床，闷声不响扒下尹芝的裤子，他不懂什么情趣，闷声不响把事情做了，然后倒头就睡。一年后，尹芝生下了张声。

她应该是盼望着有了孩子，生活就会变一个样。一个爹，一个妈，还不是一家子人？尹芝又想多了。张耀华在得了一个大胖儿子后，连水电煤气费都不愿意交，可不是，孩子是从她身上掉下来的，该她养活，家里的费用再平摊他就吃了大亏。张耀华不吃亏，他说你们还白住了这么大的房呢。这房值多少钱？至少应该够他一分钱不出，在这家里吃香的喝辣的。张耀华不觉得自己做错了什么，父母早亡，兄弟姊妹各自谋生，亲情血脉敌不过填饱肚子的生存法则，但凡少一分算计和护食，委屈了肚子，在别人看来都是活该。他必须要抓紧自己所有的东西才能活下去。谁又不是如此，谁有资格指点他的是非？他们觉得他的小气和贪婪都算无耻，不要脸面，偏又活在一个把脸面看得比天大的高校里，哪怕是工会职工，他们也不喜欢这样明目张胆的人。张耀华后来学会了虚伪，学了一点皮毛，比如也以知识分子自居，比如学会了穿西服、戴礼帽，他用体面的装扮压着骨子里的无耻，他以为这样就可以和所有虚伪的人混为一谈，其实是把那点不体面对比得更加夺目。好在人们足够虚伪，习惯了，忍受了，不去点破。

客观来说，张耀华这样的人真算不上坏人，如果换一个妻子，没有过多妄想，说不定也能琴瑟和鸣。各自攒私房钱，各自盘算，你来我往，兵来将挡，说不定能混下一辈子和睦的好日子。只是尹芝不行，她虽然还不明确知道她对家的渴求具体摊开有什么，不过她想绝对不是这样。

尹芝没处抱怨。没依靠的人就这点好，受了什么委屈也得自己咽下去，自己想招，自己去扑腾。有一点她和张耀华倒是相似，都把襁褓中的张声当成另一个人的私产。没有张耀华怎么会有张声？看看鼻子眼睛，简直一模一样。尹芝不过是一个中间人，过了一手，十个月的过渡期，本来该交货，可买家不认账了。尹芝把砸在手里的襁褓送到了托儿所。感激那个年代，为了一部分双职工家庭可以满足每天上班建设四个现代化的需求，托儿所接收婴儿，十几二十个襁褓中的孩子，各自一张婴儿床，排列在一间教室里，按时喂水，按时换尿布，集体哭号。反正家长听不见，保育员早就充耳不闻，哭是哭不死人的，所以丝毫不耽误她们手里的毛线针上下翻飞。

感激张耀华的自私和老尹夫妻的不露面，尹芝坐了一个可以说是减肥的月子，挣扎着给自己煮面条，在张声不哭的时候抓紧睡觉，剩余的时间还要洗尿布、照顾孩子，实在看不下去屋里的凌乱，就不顾什么凉水热水，拿起抹布扫帚一顿打扫。出了月子，尹芝又是一个高挑的女人，放弃喂奶让她的胸脯丰盈却不下坠，走进法院大门，人人都说她越来越漂亮了。也有人送来舞会票，那会儿阳城跟其他城市一样，开始拼命补足之前十几二十年亏欠的娱乐活动，内部电影不再严格查验观看者身份，话剧和二人转也开始在文化宫"观摩演出"，舞会更成了一种时尚，年轻的或者不太年轻的人，开始享受节奏下身体的碰触和律动。街上女人们穿起了高跟鞋和布拉吉，头发烫成菊花样，额头顶着一片绚烂，嘴唇都是猩红的，因为购买口红的大部分人还不知道挑拣色号要匹配自己的肤色，她们只要求红，不够红岂不是吃了亏？街上的男人戴着蛤蟆镜，扛着收音机，穿着喇叭裤招摇，享受越来越少的鄙夷和谴责的目光，他们很快换了装扮，如果没人鄙夷，他们的叛逆将无处落脚。

尹芝很快成为系统内舞会上的明星，感谢遗传和她在知青点就苏醒的自我认知，她步态优雅，上身挺直，脸上总有恰到好处的微笑，可以理解为拒人千里，也可以理解为风情悠扬。尹芝成为明星，她每次出现都会引发一阵"眼神的掌声"。稍嫌明亮的灯光唯一的好处就是让尹芝能够清楚地看到那些"掌声"。她走到角落，站在灯光外，她复苏的天性中有一部分来自她那个多才多艺的母亲，她无师自通地学会了利用光亮给自己的脸庞制造好看的棱角和对比，且让人们误以为她不喜欢出风头。她的不喜欢让女人少了敌意，男人更加兴奋。内部舞会很快不能满足尹芝了，因为所有来者都还要顾忌身份，甚至在旋转时冷不丁还会听到对方聊几句没那么要紧的工作，他们用指点专业的语气掩盖从内心到手指的激动，他们的欲盖弥彰让尹芝想起了张耀华，泛起一阵恶心。

　　尹芝开始出入社会上的舞厅。看，社会上，在那个年代这简直等同于某种意义上的犯罪，代表了不正经，脏污，乃至流氓气。尹芝知道这样不好，也知道一旦被同志发现，她将会成为众矢之的。可她管不住自己。她喜欢在没人认识的地方自在旋转，也喜欢那些肆无忌惮的手指在她脊背上游走。有时候那些手指会滑到她的屁股上，她进不是退不是的时候心里会涌出一股温润的湿滑。她觉得这才是做女人的好滋味。她在不自知的时候沉迷了。感谢张耀华的算计和分工明确，尹芝只负责把张声送到幼儿园，张耀华负责接。而法院是个提供加班理由的好单位。张耀华不会去想，为什么一个负责后勤的人需要加班，就算上访和需要拨乱反正的人挤满了院子，她能做什么呢？给他们一人一份纸笔？他当然也就不知道，他看着哭闹不止的张声一筹莫展的时候，尹芝在北市舞厅认识了小关——关长林。

　　小关是名副其实地小，比尹芝小六岁，高个儿，一头浓密的自来卷，在街道灯泡厂做电工，喜欢吹口哨、喝酒、拦截漂亮女孩，偶尔打架——出于义气或拔刀相助，当然旁人不会这么看，阳城将他这样的男人统称为街溜子。小关们欣然领受这样的名号，不以为耻，反以为荣，聚啸街头。那时候几乎每条胡同都会有个小关，他们大多出身纯粹的工人家庭，或者是城市无产者的后代。他们有贫穷但要脸面的父母，有无知又大胆的兄弟姊妹。他们住在平房里，从小习惯帮爹妈干活，夏天去浑河摸鱼，冬天劈柴火，打煤坯。他们都不爱上学，正好那时候学校也不正经教课，他们看着比他们年长的人玩闹出大事后离开阳城，他们被迫早熟，成了家里的顶梁柱、街头的小霸王。他们偶尔也看书，某家箱子底翻出来的《水浒传》是最抢手的，他们在还不太明白这个世界的时候就已经树立了劫富济贫的理想。几个胡同的小关凑在一起，就成了团伙，他们也拜把子，大哥四弟地叫，谁家有事，一窝蜂准到。他们不怕流血牺牲，只怕被人说不仗义。他们被邻居惧怕又包容，因为他们的存在，邻居们会少些丢东西遇是非的风险。某个小关如果闯出了更大的名号，邻居的孩子们便有了吹牛的资本：知道小关吗？当然邻居们是不许自家孩子学小关的，更不会把自家的女儿许配给小关。小关们注定不会有出息，搞不好还会吃牢饭，这是阳城人的共识。

　　小关经常去舞厅，很少下场跳，他和几个朋友站在场边盯着姑娘，他们对姑娘指指点点，说些咸淡话，也会在舞厅外头邀请她们去喝瓶汽水，逛逛公园，答应最好，不答应也没什么。小关吹声上扬的口哨，目送姑娘逃之夭夭。小关拦住尹芝的时候也是这么想的,他说:"走啊,喝汽水去。"小关没指望尹芝答应,他其实是被哄上来的。都看出他的眼睛一直没离开尹芝,舞厅的灯光那么昏暗,小关的朋友们还是把一切尽收眼底。

后来小关告诉尹芝,那是他第一次拦姑娘,也是最后一次。尹芝点点头,她信。小关倒不好意思了,顺嘴说的胡话,也能被人当真。那次尹芝也是点点头,就跟着小关骑了两站地,在一家国营小店门口喝八王寺汽水,小关买了两瓶橘子味的,他没喝,都给了尹芝。第二天两人正式成了舞伴。尹芝发现小关说他不会跳才是真的,白长了那么高的个子,那么长的腿,能踩错每个节奏,怪不得只站在旁边看。他现在下场是舍不得让尹芝被别人搂着,舍不得让那些手指肆无忌惮的人吃尹芝豆腐。小关都快跳顺拐了,还一直踩尹芝的脚,踩了就说对不住对不住,让尹芝禁不住笑了满场。小关也不脸红,大男人,不会跳舞算不上毛病。小关说:"走,请你吃饺子。吃啥补啥。"尹芝说:"那应该吃猪蹄。"小关觉得尹芝跟一般假模假式的女人都不一样。

在老边饺子馆,吃着饺子,啃着猪蹄,尹芝告诉小关,自己结婚了,有孩子。尹芝边吃边说,一大盘饺子吃了一半,猪蹄吃了三分之一,剩下的都推到一直喝啤酒、吃花生米的小关跟前。小关埋头吃,尹芝心里空了一下,觉得这是最后一次见面了。这会儿小关对尹芝没什么重要的,不见就不见吧,就当不认识。尹芝摸了摸钱包,里面有刚发的工资,尹芝数出了钱,她要和小关摊饭钱,还有头天的汽水钱,精确到角。小关愣了,问:"为啥?"尹芝顺嘴说,她和张耀华就是这么过日子的,谁也别欠谁,最好。小关说:"那你还是欠我吧,起码这样你还能记得我。"这话说得真跟再也不见面了一样,尹芝心里的难受又夯实了一分。

第三天小关早早来到舞厅，尹芝到的时候，小关把尹芝拦在门口，说："走，看电影去。"小关笑嘻嘻的，尹芝也笑了，不该这样，但还是这样了。可也仅仅是这样。一起跳舞，一起看电影，一起吃饭，一起逛公园划船，小关的朋友中有人在南湖公园上班，可以让他们免费划船。尹芝喜欢划船，当船行到湖面中间时，四下不靠，她觉得无比踏实。好像整个世界都小了，小到只有一条船，两个人，可以掌握，可以依靠。小关也喜欢划船，风从水面上吹过来，带着一点点水腥味，吹乱尹芝的几缕头发，她便柔和地笑，这笑只送给他，是不用肌肤相亲也能贴心贴肺的。是了，谁能知道呢？谁知道了也都不肯信，除了跳舞的时候，他们连手都没拉过。也没人信，尹芝除了第一次吃饭时偶尔提及张耀华，后来见面时，她再没说过关于婚姻的种种。她不抱怨、不诉苦，她只在小关面前做她自己。她柔美的笑，得体的举止，恰到好处的风情，她对风花雪月的欣赏，对市井的宽容，都在展现一个真正的自己，展现她从没经历过的教养和从未有过的身份，来自她已经忘却的亲生父母的血脉传承。这让小关无比着迷。小关之前也谈过女朋友，那女孩和小关一样在工厂上班，每次约会都会告诉小关哪里有打折的布料和如何把水龙头拧到可滴水却不走水表以此来节约水费。小关觉得厌烦，但说不出不好，对很多人来说，这才是过日子的好女孩。小关和好女孩提了分手，女孩给了小关一嘴巴，扭头走了，像离开一块插错的牛粪。

尹芝和小关认识了小半年，终于被张耀华知道了。风言风语，传到当事人耳朵里的时候总会夸大好几倍。没办法，每个中间人讲述时都会夹杂上猜测，希望他们的话足够引起听者的兴趣或重视。本来尹芝和小关算清白，可张耀华听到的是两人不堪入耳的苟且。张耀华剪碎了尹芝的衣服，砸了几个不值钱的玻璃杯，在一地狼藉里等到了尹芝。必须交代，仔仔细细，从第一次见面、第一次对视开始，交代到最终细节。尹芝说不出，因为没有。在尹芝看来，小关是朋友，可以让她喘口气的朋友，仅此而已。张耀华在这一刻暴怒，他拼了命弄来三居室，仔仔细细过日子，攒下不该花的每一分钱，还不都是为了这个家？怎么就让她喘不过气来了？看来是天生下贱，骚货，婊子，潘金莲。张耀华的骂声和张声的哭声在空气中碰撞，扩大，很快传遍了整个家属楼。尹芝累了，她懒得解释，或者还想清者自清。她抱着张声回到小屋，她想大不了她以后不再和小关见面。她的离开在张耀华看来是赤裸裸的宣战，她怎么敢？她怎么配？张耀华觉得受了羞辱，受了欺骗，开始的时候她不是这样子的，她那会儿多么洁身自好，让他费了那么多力气和饭菜才追到手。那会儿她的拒绝在他看来才是正确的，拒绝不是因为不想要，而是女人本该如此。全是假的。张耀华必须要发泄愤怒，他必须要惩罚尹芝，不然吃亏就吃到家了。

张耀华在愤怒的时候也不忘盘算，去找老尹没用，尹芝和老尹一家早就断了来往。当然张耀华知道且赞许。那样的亲戚，连亲戚都不算，有什么来往的必要？现在看，连养育之恩都不顾的女人，如此绝情的女人真是会干出全世界最让人心寒的事。他本以为她会珍惜他给的一切，一个家，一个儿子，一种体面的生活。三室一厅！她平白享受这一切，践踏这一切，回报给他的是彻头彻尾的侮辱。他带着满腔怒火和天大的委屈冲到法院，这才是说理的地方，拨乱反正，还他公道。张耀华在后勤科长办公室把尹芝的所作所为揭露出来，他说要请组织做主，他说他不怕丢人，他已经没脸做人了。可他的孩子还小，他不能眼看着这个家就这样被拆散。张耀华说得声泪俱下，他的矮个子这会儿也显出了优势，让他整个人蜷缩成一团，是备受欺凌的样子。

尹芝说："离婚吧。我什么都不要。"科长想劝和的话还没出口，张耀华就蹦起来："孩子都不要，你还是人吗？天底下有你这样的女人吗？难不成你要让我一个人养你生的娃？"科长一瞬间被带偏了，跟着说："尹芝你不要胡闹。"想想又说："这位同志，你说话也要注意分寸。孩子是两个人的，你们为人父母，都有养育的责任。"

这不是在法庭上，但在张耀华看来，他完胜。离婚是不可能的，结婚需要成本，并且成本越来越高，没有全新时兴家具，还多一个拖油瓶儿子，他得亏多少？所以不离婚，坚决不。张耀华抬起头，一副忍辱负重的样子，就算委屈到家也要把日子过下去的样子。他要同情，哪怕这份同情里头含着鄙夷，含着尹芝再也恢复不了的名誉。张耀华用最低的成本获得最大收益，他保住了一个家庭，以牺牲者的姿态成为英雄。他以为这样尹芝就会老实了。法院是个什么地方？人人要脸面，容不得任何私情上的放纵。各层领导口头传达，一层层压下来，连尹芝父母的老朋友都保不住尹芝，也不敢太过干涉。尹芝现在不是故人之女，而是一个作风不正派的女人，谁保这样的女人，就是往自己身上引脏水。一辈子的脸面，一辈子的荣耀，还要等着盖棺论定呢。

幸好那年头不流行开除，且因为这种没有凭证的风流韵事也不至于将人赶尽杀绝，只是体面的活不能给不体面的人干，尹芝被调到食堂刷碗去了。科长说这算是锻炼，小惩大诫，等风波平息再调回来。科长见过张耀华，对尹芝有种不好说出口的同情。

食堂里和尹芝一起干活的都是没有编制的中年妇女，她们有粗壮的腰肢，喜欢开粗俗的玩笑，但她们个个行得端坐得正，特别不容男女私情。她们把泔水不小心洒到尹芝身上，把抹布不经意甩到尹芝脸上，她们不道歉，她们说哎哟哟，这怎么不长眼啊？尹芝在干活的空余时间写离婚申请书，她要起诉离婚，反正日子是不过了，没法过，她已经不同小关见面，上下班都躲着走，可回到家，张耀华仍一口一个婊子地叫唤，早晚要逼死她。尹芝把申请书送到科长办公桌上，转天就进了垃圾桶。科长说："忍忍吧，起码等孩子大一点。兴许忍忍就过去了，谁不是这样过一辈子？"尹芝不想忍，爸妈两条命换她一条命，不是让她忍着活的。她想那就干脆起诉，已经到了这一步，没有回头的余地了。

张耀华再来法院，手里拎着一瓶白酒，身上都是酒味。他说谁要是接受了申请批了离婚，他就抱着人家同归于尽，不光他，还有他儿子，一起死。他瞪着充血的眼珠子，把谁都当成了仇人。谁也不想惹这样的麻烦。不破一桩婚，有现成的好理由。尹芝无望了，没理由连累别人。倒是那些中年妇女看到了张耀华的狰狞，对尹芝多了几分好脸色，吃饭的时候也愿意给她腾出一个位置，之前，尹芝都是自己端着饭盒站在水池边吃的。

尹芝把离婚申请撤了出来，照样上班下班，只是再不跟张耀华说话。张耀华骂吧，她当听不见。张耀华想近身，她便抓起水果刀顶着脖子，两人把日子过在了刀尖上。都死扛着，都在心里发狠，凭啥要让步？

5

小关再见到尹芝是在三个月后，尹芝还是老样子，身材高挑，皮肤白皙，只是身上多了一层泔水味。尹芝说："你还是一个人？"小关说："走，划船去。"

小关带着尹芝到南湖公园划船，把船停在湖心，小关说："你开口，我去帮你解决他。"尹芝不吭声。小关的解决无非就是打张耀华一顿，按照张耀华的性子，就算碰破一点皮，他也能闹出滔天的架势来。小关说："我不怕坐牢。"尹芝笑笑，意思是不值得，别犯傻。小关说："我想忘了你，可我做不到。三个月，我天天梦见你。"尹芝想起小关比她小六岁，还没成家，还有一份不知好坏的前程和未来。尹芝说："你该交个正经女朋友。我这辈子弄不好就要跟他耗到死了。你得好好过日子。不然咱们两个可太冤了。"小关站起来，船剧烈摇晃，小世界瞬间就要坍塌。小关抓住了尹芝的肩膀，目光如果有牙齿，尹芝这会儿应该鲜血淋漓。小关说："你真不明白？你不愿意？"尹芝被小关的目光刺痛，被小关的手指抓痛，可她的身体忽然欢喜起来，她喜欢这种痛，这是他们除了跳舞外的第一次肢体接触，那些配合着音乐节奏在众目睽睽下的接触是公开的，不带情愫，这会儿则是属于他们自己的，是四边不靠岸，纯粹属于他们两个人的。尹芝被这又痛又快乐的第一次弄出了两眼水色，她不用回答，小关也知道答案了。

接下来便是顺理成章，两个压抑了许久的终于忘情的狗男女苟且到了一处。那是小关朋友的房子，朋友出差，钥匙放在屋檐上，谁愿意来都可以来。狭小简陋的一居室，被劣质香烟熏黄的墙壁，随处可见的蟑螂尸体，不耽误成为尹芝和小关的伊甸园。他们把床当成船，总是能让自己四面不靠岸地快活。尹芝在某次大汗淋漓后窝在小关怀里，两人赤裸着，每一寸皮肤都贴在一起。尹芝说，她从没这样踏实过。小关摸了摸尹芝的头发。小关以为他懂了，其实他不懂，尹芝是想说，她和张耀华从没这样靠在一处过。两口子，夫妻，有了一个孩子，可就算在一处尽义务，尹芝也会在完成义务后快速穿戴整齐。她从没有和张耀华这样依偎在一处过，这样的亲近。

小关说："跟我走吧。我会把张声当成自己的孩子。"尹芝想，带走孩子，留下钱，张耀华不离婚就不离，只是委屈了小关。尹芝没忘记问："你家里能同意吗？"小关说他不在乎别人同不同意，他娶谁，自己拿主意就成，他连那张红纸都不在乎。小关说："你不愿意在食堂干活，阳城也没什么好留恋的，咱们去南方，做点小买卖，他们说南方好挣钱，到时候你想干点活就干，不想干就在家待着，我养活你。"尹芝点了头，她确实不喜欢阳城，这不是她想要的生活，不是她爸妈拼死留下她一条命该有的结果。她也听说过南方，很多人跑过去寻一个机会，兴许也是她的机会。

这就是我新婚夜看到的照片的出处，尹芝带着张声去南湖，小关帮他们拍下照片。尹芝确实是想带走张声的，因为知道他落在张耀华手中，就算不冻不饿，也绝对没有前程。我想应该还有一张三人合照，被小关收藏着，当作未来所有好日子的起点和见证，他不用别人给名分，他自己成全自己。可惜事情不会如他们所盼望的那样发展，不然也就没有了今天的一切。

尹芝想心平气和地再和张耀华谈一次。"离吧，这日子熬着我，也熬着你，何苦呢？何况这次我可以出钱，孩子我也要，还不行吗？"

张耀华冷笑。"当然不行。让老子的儿子管别人叫爸爸，做梦。"他的固执让所有人都无法理解。尹芝开始不回家，明睁眼露地在外头跟人双宿双飞。几个兄姊看不下去，过来劝，还是那句话:"何必呢?为了这么一个贱女人。一拍两散,你还年轻,再找一个。"张耀华说,不离。现在这样挺好,孩子有长托管着,他自己能养活自己,家还在,有个名号就成,反正他也从没图过更多。于是所有人都明白,张耀华就是不肯放手,他吃了亏,那别人也别想讨了便宜去,大家一起难受,也就没那么难受了。他们都懂,从小就是这样过的,煮一锅玉米面粥,张耀华碗里的比别人的稀,他能一口气打五个喷嚏。所以长成了人,一家子兄弟姊妹干脆当不熟的熟人处。他们劝不通,仁至义尽,起身告辞。当然他们各自面对传闻的时候,还是会站在张家的立场,维护本不存在的面子。尹芝坐实了荡妇的名头,抛夫弃子,丧尽天良。没人帮尹芝解释,她吃了娘家没人的暗亏。

当然,张耀华不傻,知道尹芝如此决绝该是有了后手,花了几天盯梢,然后拐进派出所报告有人耍流氓。他有结婚证托底,理直气壮。彼时,尹芝和小关已经买好了第二天去南方的车票。

小关被判了三年,被单位开除。尹芝被法院除名。张耀华坐在家里等尹芝回来认罪,他想好了所有羞辱的话,可惜没等来人。尹芝在小关家胡同租了一间下屋,不到十平方米,漏风漏雨。尹芝不在乎,她天天给小关爸妈做饭,老两口有个头疼脑热,她端屎端尿。老两口一开始不待见她,送饭来扔出去,人进门骂出去。尹芝不在乎,她当没听见,扔出来再做一份送进去。外头传尹芝心狠手辣,为了个小男人连家都不要,可老两口看到尹芝一次次觍着脸进来,一次次遭邻居白眼也风雨无阻,想想自己穷家破业,终究是心软了。后来干脆让她住进了家,外人问,直说是儿媳妇。尹芝四处打零工,下班晚了,老太太把饭留在锅里等着门。尹芝每个月去看一次小关,小关瘦了,剃了光头,脸上总有笑模样。

小关说："你等着我，等我出去，一准给你补上好日子。"尹芝说："我现在过的就是从没有的好日子，妈天天晚上给我用暖水袋热被窝。"

尹芝再没回过张耀华家，张声很长一段时间都没见过妈。后来他懂事了，上学了，耳边听到的都是："你妈跟人跑了，你妈不要你了。"逢年过节，一家子人做样子聚齐，堂姐堂哥说："你妈就是个贱货。"张声在没人看见的地方往堂姐堂哥的书包里塞毛毛虫。他听说被毛毛虫蜇上会中毒。

6

临近傍晚，喝了一下午咖啡的男女纷纷离开，我和尹芝的咖啡也凉了，尹芝叫服务员过来又换了两杯，加了一碟干果。我明白，这是话还没说完，兴许只是说了一个开头。

尹芝叹口气："后来他找过我。"

是的，张声曾经去找过尹芝。就一次。那年张声中考，老头觉得张声应该直接考一个中专、职高哪怕是技校，反正三年后毕业可以找工作养活自己就好。因为老师的恻隐之心，张声初中成绩不差，老师也说，可以试试区重点，比如二十中学。张声忘记从哪个亲戚口中听说尹芝现在还在阳城，和小关住在一处，没孩子。张声在一个周六晚自习结束后，骑了一个小时的自行车，跑去了东北大马路外。张声算是决绝的，他想只要尹芝答应让他上学，他可以这辈子都把张耀华当仇人。

其实亲戚的消息不是很准确，尹芝不是还在阳城，而是回了阳城。小关出狱后，两人确实去了南方，投奔小关的哥们儿。那人在海南圈了一块地，打算做码头，给了小关一个看仓库的活。

小关多少有些失落，好在有尹芝在身边，闷热、潮湿的天气，半个巴掌大的蚊子和能飞起来的蟑螂都拦不住两人把简易铁皮房当成伊甸园。若是能待下去，兴许小关也能奔个出路。不是兴许，是一定，小关不比别人笨，也不比别人心软。可惜小关没人的好运数。那么多人被蚊子叮，偏他病得最厉害，开始是疟疾，身子正虚，赶上台风天，扛不住冷热刺激，染了肺炎，后来一直咳嗽，久不见好。医生说不是肺的事，又是各种检查，掏光了两人的积蓄，还欠下来外债，查出来是渐冻症。尹芝没听懂，问："什么？"医生说就是一点点没力气，一点点不能动的病。目前还没有医治的办法。尹芝吓傻了，在海边转悠了一下午，心里空得灌满了风，有几次差点走进海水里，可还是舍不得。万一呢，万一还有指望呢？尹芝回到家，告诉小关，还是肺病，成老肺炎了，怕是不适合继续在岛上生活。尹芝说完打包行李带着小关回到阳城。

　　老房子还在，小关爸妈病恹恹地看着儿子瘦得没了人形，眼泪劈里啪啦往下掉。尹芝掏出两人不多的积蓄，找人修房子，换大窗，让小关时刻能够呼吸到新鲜干爽的空气。尹芝说你踏踏实实养好身体，想吃什么、想喝什么都行，养力气，别的什么都不用管。已经是九十年代，阳城街上不缺赚钱的门路，不过需要手艺和本钱，尹芝拿不出来。小关让尹芝把之前的哥们儿都叫来，摆上一桌有肉有鱼的酒席。小关说没办法，大家凑凑，有多无少，他不挑理。哥们儿中不乏已经发了家的，也有跟着大哥干拆迁名号响亮的，他们沉默着喝酒，走的时候商量好似的一人扔下一百块。小关好几天没吭声。尹芝说："你想那么多没用，人之常情看不明白，是你自己犯傻。有力气较劲，不如快点好起来。还是那句话，你养身体，别的都不用你操心。"

尹芝去了舞厅，大东门靠着中街那边开了一家能滑冰、能跳舞的舞厅，有女人专门陪人跳舞，十块钱三曲。尹芝算过，三曲也就十来分钟，一天干上三个小时，比干一般的小买卖赚得多。其实还有更赚钱的无本生意，只是人家挑年纪。尹芝看着再年轻，身材再好，也是四十岁的人了。

小关不知道尹芝每天匆匆忙忙做的是什么生意，兴许知道，因为他从不问。尹芝包里藏了口红、裙子、高跟鞋，在舞厅厕所换衣服，回家前要先擦去唇上的颜色。两个人都把戏做足，因为一旦戳破，日子就维持不下去了。半夜小关睡醒，问尹芝，后悔了吗？尹芝摇摇头，两人身体紧贴着，小关手臂紧了紧，尹芝整个人就融化了。小关可能是预感到什么，接着说："等我不在了，你也别回去，那人改不了，跟他你没好日子过。"尹芝一动不动，半晌才叹口气说："睡吧。"

张声就是这个时候找来的，母子俩在门口站着，屋里药味混着病人身上独有的气息游荡着飘出来。张声死盯着尹芝，尹芝觉得自己好像站在了楚河汉界上，被前后夹击，死敌，没有和棋的余地。张声走的时候满心失望，说："以后我再也不会来找你。"张声扔下这样一句话。尹芝叹口气，到了这一步，好像是画了一个迟到许久的句点，心里多少有些失落，但身后黑洞洞的房间里，一家子的命总比这失落要紧。

估计张声在骑车回去的路上把自己当成了孤儿。他不知道，从这一刻起，他和尹芝和张耀华，实际上才真的是骨子里的一家子了，三个自称为孤儿的人。张声在认清了现实后开始自救，他不怕路远天黑，一夜之间骑着车拜访了所有亲戚，叔叔、大爷、姑姑，转天，他们都到了张声家，围着张耀华坐了一圈，逼着张耀华表态，会供张声念书。张耀华心里发恨，这关他们什么事？大爷、姑姑觉得如果传出去，一家子亲眷，孩子失学，丢的是大家的脸面。张耀华自己把日子过糟了没关系，别人的脸总还是要的，何况还有在仕途上的，还有堂兄堂弟要考公务员呢。张耀华无奈，只能点了头。

张声拼足一口气，成绩比模拟考试高出三十分，上了市重点五中。这算是他人生的高光时刻了。可惜没一人真心为他高兴。张耀华盘算着高中三年加上大学四年的学费、生活费，眉头皱在一处。尹芝忙着操办小关父母的葬礼，要节约还要体面，处于两难之境中辗转反侧。张声看着别人家摆谢师宴，热热闹闹，他煮了一碗清水挂面，发狠一样打了十个鸡蛋进去。张声说，这他妈的也是十全十美。

7

阳城夏日漫长，夕阳总要耽搁够了才会收起光芒。咖啡馆只剩了我们两个客人，要等到晚饭后，才会陆续来人，品尝夜酒，消磨无聊的时光。我借着夕阳的光看尹芝，她微笑，目光流转出去，看什么都是茫然无谓的样子。

她现在应该活得很好。比所有人猜测、臆想、诅咒的好太多。人们总以为尹芝应该沉溺在和小关的情爱里，安贫乐道，与他厮守终生，贫贱终生，甚至要为她的风流和自私承担代价，品尝恶果，比如染上难言的恶疾，蜷缩在城郊某处逼仄阴暗的角落独自等死。

他们都错了。坐在我眼前的尹芝展现出来的完全是一副好生活滋养出的气度，我忍不住想，按照她皮肤保养的程度，她使用的护肤品一定比我用的高级许多倍。尹芝笑笑，露出一口整齐的雪白牙齿，这是顶级的瓷粉才能堆砌出的效果。

"小关死了。"尹芝用平静如常的语气说出类似于今天晴天需遮阳的语句，丝毫不管听者是否做好了心理准备。

准确地说，我婚礼那天是小关的出殡日，尹芝本想来参加我的婚礼，不，是来参加张声的婚礼，可惜老天不成全。我错愕了几秒，这世界上的巧合总是超出凡人预想。不合逻辑，但总会适时发生。我喝了一口咖啡，咽下所有惊诧。

尹芝给小关操办了体面的葬礼，小关生前所有的朋友都来了，连海南的哥们儿也在最后一刻坐飞机赶到阳城，尹芝提供了头等舱往返机票和万豪酒店的三天住宿。一行人坐在尹芝安排的由奥迪A4组成的车队里，车子沉默又招摇地从东北大马路开到回龙岗。他们站在小关的遗像前鞠躬，和尹芝握手，劝她节哀顺变。很多人都看见一辆黑色奔驰一直跟着车队，奔驰里面坐着一个儒雅体面的中年男人，兴许是老年男人，在阳城，超过五十岁的都可称为老人。男人保养得好，也看不出真实年纪来。司机站在车外，不时看向尹芝。在尹芝把所有人请到东北大马路上的粤海渔港吃饭时，中年男人终于下了车，站在尹芝身边，两人中间隔了一拃远，谁都能看出，他是尹芝的男人。

尹芝的新男人。所有人沉默地看着。有人认出来，这人姓魏，算阳城名流，开始在铁西负责城区改造，是一个手握大权的小官员，后来去了香港，再后来荣归，开了一家叫北国之星的夜总会。当然他很少露面，偶尔出现的场合也绝非普通混混能够得上的台面。但对小关这些朋友来说，带眼识人算是天生的本事，不然也不能吃下这碗饭。只是谁也没想到尹芝会有这么大能耐，不过是个半老徐娘，怎么就通了这样的天？他们猜测、羡慕和腹诽，最终决定为小关鸣不平。他尸骨未寒，尹芝就带着新男人来耀武扬威，简直不把人当人，也不把他们放在眼里。阳城的老街溜子，越混不出来越豪横。他们在转瞬间同仇敌忾了。尹芝保持着得体的沉默，她能看出他们的仇视，那是不得志和自卑导致的刺猬一样的反弹。她想一会儿桌上的五粮液和鱼翅捞饭足够平复他们的情绪，如果不能，她也只好表示抱歉。

当然也有例外，海南的哥们儿激动得脸都红了，一个劲地问尹芝，什么时候有时间带着朋友去海南，他全程安排。尹芝点了点头，意思是听到了，有机会一定去。尹芝其实也没太在意，小关死了，她的心思都飘在空中，一会儿一个，从开始盘算怎么安排葬礼，都请什么人，通知什么人，小关家的亲戚还有谁在外地，怎么接，怎么住，怎么送，到她该怎么跟小关道别。当着那么多人，总不好哭天抹泪的，何况还有老魏跟着。老魏执意要跟着，他说不冲你，冲他。老魏说小关是个爷们儿，值得送送。尹芝就不好再阻拦了。于是纷乱的心思里又多了小关和老魏这次隔着生死的相见，两人之前从没真正碰过面。小关不想见，尹芝明白小关的想法，他嘴上说"你去过好日子吧，赶紧走，别跟着我受罪"，可心里还是舍不得她走。越舍不得，撵得越狠。后来干脆说："你不走是吧？你不走我走。"尹芝明白小关能说到做到。尹芝就走了。

认识老魏算是凑巧，老魏本来是不会到大东门舞厅那种地方去的。十块钱三曲，他听人说过，在北国之星最豪华的包间里，他和几个南方来的朋友在套间里头打台球，中厅有几个女孩在唱

217

歌，咿咿呀呀，一会儿惆怅，伤春悲秋，一会儿又蹦蹦跳跳，眉飞色舞。再往里面走，还有一个包间，有领导在和人谈事。南方来的小吴说："听说你这边十块钱三曲，好便宜啊。"老魏不解其意。老魏叫来一起陪着玩的前车辆厂厂长就说："都是半老徐娘，下岗女工，混口饭吃。没办法，谁让阳城经济不景气呢？跟你们南方沿海城市怎么比？好点的女孩都被你们搜刮走了。搞得我们去广州，坐下一圈都是东北人。"小吴说："还有湖南人。"大家就哈哈笑，好像这是一个值得所有人开怀的笑话。后来某天老魏到劳动局办事，路过舞厅门口，司机一阵肚疼，把车停到路边找地方方便，老魏隔着车窗往四下里看，看见门口台阶上一个挂着闪灯的黑板上确实明晃晃地写着十块钱三曲。老魏心里骇然，这个城市真的成了这样？老魏想着，看见尹芝从台阶上走下来。尹芝那天穿了一条牛仔裤，白色套头衫，头发扎成马尾，只涂了一层口红，整个人透着和年龄不符的纯粹，目光却是茫然的，看了什么，又什么都没看。老魏愣了。正好司机回来，老魏让司机请尹芝上车，不干别的，认识一下，交个朋友，一起吃顿饭。老魏对自己不了解的事物总有好奇心，这也是他能出人头地的内在因素。

尹芝每次和老魏吃饭总能收到礼物，化妆品、护肤品、衣服、高跟鞋、包。老魏送礼物的时候，袋子里一定装着收据，尹芝转身就去商场退掉，然后给小关买药、买补品。尹芝没瞒着老魏她和小关的事，也没忘了说自己名义上还是张耀华的妻子。尹芝在一次酒后把自己坦白个底儿掉，死去的亲生爸妈，早没联系的老尹夫妻，下乡时遭的罪，结婚后的心冷，直到遇见小关。尹芝说："不怕你笑话，我生了孩子都不知道什么是女人，跟了小关，我才知道做女人是什么滋味。"尹芝还说她总觉得小关病这一场是接了老天本该对她施加的惩罚，所以不管怎么样，她都不会离开小关。老魏说，仁义。老魏后来干脆送补品，最好的冬虫夏草，顶级的西洋参，老魏还说他在医大有特别熟的主任，可以给小关安排最好的病房。尹芝说不用了，医生早说过了，没治，只能养着。老魏想小关年纪轻轻，心里多少有些怜惜，又托人在美国、澳洲弄了营养药来，各种维生素、深海鱼油，都是阳城新富阶层最流行的吃的，他们有什么，小关只多不少。尹芝问老魏到底图什么，活在那么个桃红柳绿的地方，什么标致女孩找不到？偏跟她较劲。老魏就说，这年头重情重义的人太少了，遇见了，怎么可能不好好珍惜？尹芝不信。老魏说他很年轻的时候犯过错，为了读书，偷了一个男人的钱包。男人是法官，没追究。老魏觉得这是他一辈子走运的源头。法官姓尹。

小关在吃了一个月冬虫夏草后赶走了尹芝。别看小关病着，平常也不怎么出门，可外头的一切他心里都有数。小关说你走吧，咱俩没缘分。小关知道自己的病好不了了，他连搂着尹芝的力气都没了，有次还不小心弄湿了床。他不想让尹芝继续跟着他熬下去。小关说你给我留点面子，留最后一点尊严，行吗？小关说你要是不走，那我走，找个地方等死容易，我保证你找不到我。

尹芝走了，临走前给小关找了护工，说好了照顾小关一直到死。钱她出，其实钱是老魏出的。老魏把尹芝接到了自己家，老魏家在铁西，一个新楼盘顶楼，一梯两户，老魏都买了下来，打通做了大平层，小四百平方米。老魏让尹芝自己选房间，如果愿意，两人可以同处一个屋檐下而彼此不碰面。老魏和尹芝还没拉过手，虽然在外人看来，尹芝算是老魏的情人了。

这都是好几年前的事了。这几年尹芝一直住在老魏家里，享用从没有过的丰盈物质，并让不见面的小关也从没为钱发过愁。去年，尹芝把小关送进了阳城最高级的养老院。小关死的时候，尹芝去见了他最后一面。老魏没一句抱怨。老魏还帮着尹芝操办了小关的葬礼，亲自出席。尹芝领情。

　　尹芝送了一张合影和一张银行卡给张声，卡里有十万块。她想张声应该打电话来，说谢谢，问密码。可惜没有。尹芝说："刘佳，你应该告诉我，到底发生了什么。"

　　我搅动咖啡，一点点漾出湖面样的涟漪。她根本不是在提问，我不知道她知道了多少，又想要什么，这不重要。重要的是，我该如何。

第三章

1

　　好吧，从这一刻开始我要回归诚实。对自己诚实。首先，必须声明一点，我的爸妈没那么懦弱羞怯，不计较不看清，就把女儿轻易许给人。他们只是不够长命。我爷说在我三岁生日那天，爸妈一起去马路湾拿给我定制的生日蛋糕，在转弯处，被从和平大街上冲下来的卡车卷走了性命。司机酒醉，我爸妈骑车带人加逆行，责任断下来，各打五十大板。爷领回赔偿金，全部存进银行，说给我将来读书用。他怕自己活不到我大学毕业。

　　我从小跟着爷爷长大。我爷没工作，本来是靠我爸妈养活，爸妈死后，他养了几条大狗，冬天就在南湖公园的冰面上摆摊，狗拉爬犁，五块钱一圈。九十年代末，五块钱不算便宜。所以生意也不算好。爷操心生活，我还是小孩呢，我什么也不懂，只觉得有几条大狗陪着，走到哪里也没人欺负，挺威风。

几条狗里面，我最喜欢一红和二白，我爷不让狗进屋，晚上我趁他睡着了，偷偷打开门，把一红和二白放进来，让它们在我的床上睡。我搂着二白，踩着一红，它们的身体总是温热的，给我一种被拥抱的错觉。爷发现了，也没管。他就是这样，什么事都只说一遍，从来不絮叨。他说你好好念书。我说好。这事就算过去了，哪怕我考倒数第一，他也没多说一句话。我觉得挺自在的。他说别逃学，别打架。我说行。在学校，有人骂我是狗崽子，我拿文具盒敲人家的头。敲出血，我跑了。老师找到家里来，要他多管教。我爷抽着烟说："骂人的就该打，打死都不过分。"老师说："那她逃学又怎么说？"我爷说："她不爱听，我有什么办法？还不是你们讲得不好，要是上学有意思，她怎么会逃学？"我站在一边，看着老师脸一阵红一阵白，都快被我爷说哭了。其实老师人不错，知道我爸妈没得早，还叮嘱几个女孩下课跳皮筋、踢毽子一定要带着我。她们也说好，但她们没一次叫我。我走近了，她们就捂着鼻子跑远，说我身上有一股狗味。我懒得跟她们计较，她们哪知道狗的好？除了拉爬犁，二白还会扑青蛙，一红会抓麻雀，她们会什么？叽叽喳喳说人是非，小长舌妇。那会儿我还不知道这词到底是什么意思，是老谷说的。老谷晚上带着酒和烧鸡来找我爷，我爷说下次别打头，费钱。我看见爷给老师赔了医药费，点点头。老谷见我闷闷的，说："那些都是长舌妇，咱们不跟她们一样。来，吃个鸡腿。"我抓着鸡腿去找一红和二白，我吃肉，它们啃骨头。

我挺喜欢老谷的，虽说他脸上有疤吓人，可他手巧，给我做过风车，还在一红和二白的爬犁上加了一个弯曲的扶手，挂上彩布和铃铛，很是威风。后来一红和二白老了，拉不动爬犁了，我也要上初中了，可心思完全用不到书上，我总怕一红和二白出事。我爷说："实在养不起闲狗，你留一个，一红还是二白？"我看看它们，它们看着对方，目光纠缠在一处，身子也凑到一处。我说不，我都要。我爷再没多说。

有天我上课眼皮直跳，我跑回家，一红和二白不见了。我问我爷把它们弄哪儿去了。我爷说送到棋盘山了，那边的农民喜欢大狗，能看家，狗也能养老。爷说它们也该享福了，让我好好考试，说等我放假了，他带我去看它们。这是一红二白最好的结局。我真信，小时候真傻。后来我知道是老谷把老透了的一红和二白送到了狗肉馆。我爷用一红和二白换来的钱给我买了一条海军裙，转圈时下摆会像伞一样撑开，还买了一双皮鞋和一块金色金属带的石英表。我神气地走进新班级，很快就有长舌妇说，我们家养狗杀狗吃狗。她们站在一处，鄙夷地看着我的新装。我问我爷，问老谷。他们喝迷糊了，一个劲地打瞌睡点头，我用打火机燎了老谷的胡子。我爷想揍我，没下去手。我爷从没揍过我。他舍不得。他跟老谷说，早就该把胡子刮了，显精神。我再也没穿过那条裙子、那双皮鞋，也没戴过那块手表。我不恨我爷，也不恨老谷，我就是很想它们，后来我总是能梦见一红和二白，我爷都不知道，二白会抱着我，让我睡在它怀里，我哭的时候，它还会给我抹眼泪。可惜，我再也见不到它们了。

其实我爷不是不管教我，他教我的都是旁的道理，关于如何做人，如何自保。爷说要是有人打了你一巴掌，你必须狠狠打回去，不能忍着，没人因为你忍着高看你一眼，你越忍，他们越觉得你好欺负。爷说做人当然要讲情义和信用，但也要看跟谁。这世界上哪有什么好人？人不为己，天诛地灭，你看看等我死的那一天，现在个个喊着娘亲舅大，上来对你指手画脚的人会不会给你一口饭吃，就算给，你也千万别吃，你吃一口，一辈子还不完。爷说，别人敬你一尺，你接着，用不着还一丈，一尺就好，这就算是有情有义。如果人家再敬你一尺，你就记在心里，再还就是一丈，这才不辜负了人心。

爷说的我都记得。我爷确实一语成谶，我初中没毕业，他走了，那些没事摸我头发淌眼泪的至亲没一个挺身而出。他们看着我，脚下抹油一样，溜得飞快。我没打算缠着谁，小叔和小婶倒是表示可以承担我的生活费，可他们也说这钱我将来工作了要还的，我说谢了，不必。我爷给我留了钱，没让他们知道，我爷说省得他们惦记。我考了技校，学口腔医学，开学前，我让老谷拉着车，把剩下的几条狗送到了棋盘山，我想它们应该会快乐地死去。老谷说你个丫头，有心劲，你爷没白养活你。老谷也眼见着老了，有时候给我送米和油，直到有次他从平板车上摔下来，在路边喊了半天没人管，死了。

2

我自由自在，无拘无束，真的，我没觉得自己苦。只是有些时候想说句话，发现身边没个人，空落落的。最长一次，过年七天，我躲在家里吃了七天方便面，没说一句话。好在也熬过来了。

我想我总能熬过去。人不犯我，我不犯人，不拖不欠地熬过去。可我忽略了别人，人是没办法自己活着的。技校这种地方收容了各个初中淘汰下来的差生，她们习惯攀比，喜欢刻薄待人，她们对很多事物都看不上眼，并且一定要张嘴伸手弄出个究竟。她们一般只有很少的生活费，对她们来说，得到钱最好的办法是从同学或者别校的孩子身上找。对，她们把这种拦路抢劫叫上货，而我则成为她们的货源。我不知道她们是从哪儿看出来我是个软弱可欺的人。我当然不是，她们把我堵在墙边，揪我头发，扇我耳光，我从书包里翻出没开刃的蝴蝶刀对她们挥舞。她们扯碎我的裙子，抢走我的书包，把我的自行车扔到马路中间，我瞅准了她们中力气最小的一个狠狠咬下半个耳朵。

我被记大过。

我和她们之间的争斗不会因为我们中的某个或全部被学校通报批评而停止。我也必须承认，在这些对抗中，我受了不少伤，鲜血淋漓。可我从来不告饶。我甚至不去包扎，就那么血淋淋的该上课上课，该吃饭吃饭。直到她们中一个叫秀儿的女孩不再忍心。秀儿对她们说："算了，她也没什么钱。"秀儿对我说："你去买点啤酒，请大家吃顿饭，以后我保证没人欺负你。"我不肯买酒，她们不肯算了。秀儿有一次看到我被石头敲到头后，站在了我这一边。秀儿说："你们别太过分了。"我第一次有了帮手。爷说，人敬你一尺，你要还一尺。我帮秀儿挡下了她们扔过来的墨水瓶。

秀儿跟我一样大，肤色黑，短发，喜欢穿男款运动装，抽烟，喝白酒能一口气灌下三杯。她曾经和人打赌对瓶吹白酒，五十二度的，对方是个练举重的退役运动员，两人隔着桌子站着喝，喝到一多半的时候，运动员倒在了桌子下头，秀儿抹嘴笑笑转身走出包间，在走廊吐了个天昏地暗。秀儿说就看不上他们仗着酒量欺负人。我说你是真爷们儿。

我和秀儿成为最好的朋友。一年后，那些围攻我们的人累了，不，是她们找到了其他赚钱的门路，她们好像在一夜之间长大了，开始化妆，穿超短裙，烫头发。她们扭着腰肢走到校门外，上了颜色深深浅浅的车。车上通常有个三十到五十岁之间的男人。她们可以去吃西餐，看电影，还能得到不少零花钱。我和秀儿终于可以喘一口气了。我们经常一起住，爷留下的房子，早已经没了狗味。秀儿盯着墙上的照片看，她一眼就看出一红和二白的重要性，说你肯定最喜欢它们。我有些惊讶，她说它们也最喜欢你。秀儿很遗憾没有早点认识我，能玩狗拉爬犁，能一起跟一红和二白睡觉。

晚上睡不着的时候我们聊电视上的男明星，幻想将来的日子。有天秀儿跟我说，她恋爱了。那人比她大五岁，刚刚大学毕业，正在创业中，没事不笑，严肃成熟。我有些伤心，我没想到秀儿这么快就不属于我了。秀儿不再来跟我住，她开始留长发，戒烟戒酒。有天秀儿跟我说：“怎么办？我好像怀孕了。”我看着秀儿苍白的脸，心里忽然疼了一下。

和所有庸常的故事套路一样，女孩怀孕，父母大怒，男人隐身。女孩可能因此遭受家人的谴责，社会的嘲讽。秀儿的故事比庸常的更加悲惨，她因宫外孕破裂导致大出血死在了医大二院急诊室里，直到死，男人也没出现。我守在秀儿身边，看见她的眼睛里灌满了悲伤，像总在我梦中出现的二白。二白不知被送去哪里，我拒绝探寻真相，因为那会儿我承担不起。现在不一样，我答应秀儿，一定帮她讨个公道。

是的，那男人就是张声。在我失去秀儿五年后，我嫁给了他。我用我爷留下来的房子作为酬劳，请小叔和小婶扮演我的父母，他俩开始不答应，我说房子马上动迁，他们看不上眼的小破平房转眼就是敞亮的三室一厅，他们要真不愿意，我就问别人。

小叔说："到底是咱家的孩子，结婚这种事，叔必须帮你做主。"小婶说："自小我就把你当亲生女儿，你叫我一声妈还不是理所当然？"我说事成了，我们就去房产局过户。小叔小婶乐得半宿没睡。爷死之前曾给我留过话，就一句——要守住这个房子。爷是想我有个安身立命的地方，再不济也不至于流落街头。我辜负了他。

我让张声和老头都相信，他家娶了一个庸常的良家女孩。这女孩的父母和他们一样，小气，爱算计，他们很愿意接受同类，并相信可以和睦共处。

我爷说过，别人打你一巴掌，你一定要还回去。张声要了秀儿的命，我也要他死。

只是，尹芝怎么会知道？

3

我想破了头也想不出是老魏看穿了这一切。对了，我答应要诚实，所以我要坦白，谁还没点过去？不堪回首，逼着自己忘记，却从没防备会在别处死灰复燃。

于我，是在秀儿死后，我和她们混在一处，不，我和她们不是朋友，只是我需要有人在我身边一起喧闹，好让我没那么想秀儿。秀儿走了，我再也无法忍受没人说话的日子。我终于对寂寞投降，走进了那些我曾经厌恶也厌恶我的人中间。她们带我去了一个叫北国之星的地方，她们现在在这儿娱乐赚钱，认识新朋友。她们说："刘佳，你去了就知道了，那才是人该过的日子。"

尹芝没来参加婚礼，张声以为她只送了一张照片。卡被我收起来，我不想张声得到钱后整天忙碌，没工夫守在家，吃我做的饭。我想不到的是，她也得到了一张照片做回礼。居然是老头送去的我和张声的结婚照，158块钱的影楼特惠款，没有挑拣妆容和礼服的权利，拍出来僵硬死板却足够写实。尹芝看着，老魏回来，站在尹芝身后也看见了。头年北国之星店庆，为了庆祝，公主们被要求都穿着婚纱上班。老魏有生意人过目不忘的本事，他认出了我。

看起来周密的计划，因此功亏一篑。

尹芝继续搅动已经凉透了的咖啡，她看着我说："你一定有所企图。"公主们是有找个老实人嫁了的传统，但多半是在三十岁之后，谁会在最赚钱的年月把自己贱卖了？何况她太了解张声和张耀华的为人了，他们可不配称为老实。

剩下的便都水落石出了，老魏有足够的钱让尹芝不费力气便得到她想要的真相，包括我的来历，以及我的目的。原来我自以为周密的计划，在他们看来不过是低级幼稚的手段。

尹芝说："幸好你还没下死手，我去问过医生，这个剂量的亚硝酸盐中毒不会给身体造成太大伤害。只要你停手，他还有希望恢复健康。所以现在你还能看见我，而不是警察。"

"他害死了我最好的朋友，唯一的朋友。我爷死后，我孤身一人，直到秀儿出现。可被他毁了。"我几乎要哽咽，全线溃败，像个孩子一样述说委屈。我为自己感到羞愧。

尹芝说："傻瓜，人本来就孤独，生是一个人来，死是一个人走。你要是看不明白这一点，你就还是个孩子。"

尹芝叹口气说："好了，你做的已经足够了，你朋友应该也不会埋怨你。何必呢？人生还长，你得成全自己的好日子，不然才是真的吃了大亏。你爷爷就没教你，人不为己，天诛地灭？"

尹芝说她这辈子唯一觉得有所亏欠的就是张声，过去的事没办法弥补，不管对错，已经过去。只是她不能眼看他被伤害，被人要了命，不管他是对是错。我可以恨她，最好不要，为自己想想。

尹芝给了我三天时间，然后起身准备离开，抬手间姿态翩然，她从包里掏出一个厚厚的信封，她说麻烦你结账。

信封里的钱够我在这儿喝一年咖啡，吃一年蛋糕。

我把信封砸过去，说："你以为这件事里只有张声？"

在众多的检查中，有一项是查张声的生殖功能，我直说结果，他精子成活率低，根本无法让任何人怀孕。我看到尹芝震惊的样子，我扯碎了她高高在上的端庄，虚伪的镇定。

我说看来你真不知道，张声五年前创业，欠了一大笔外债，只好帮人拉皮条。他给秀儿下药，然后把她送到了男人床上。不同的男人。他不知道是谁，只知道是北国之星必须招待的贵宾。雇他的老板据说姓魏。

"不会的。你应该知道，他对女孩都很好。"尹芝慢慢坐下。她刚说过，她要保张声的命，应该还没忘。

"我承认他在店里没有强迫过谁，甚至也不许大家犯错，不是他不想，只是他不愿意脏了自己的地方。"我的声音一点点砸碎了空气。我一边说，一边心惊，我好像才想到自己是多么幸运。我的命运掌握在旁人手中，如果有那么一次，旁人想省些事，躺在陌生人身边的就可能是我。我还能否如现在这般坐在这里？

是灯忽然亮了，还是尹芝的脸色瞬间苍白成纸？我第一次发现，活人真的可以面无血色。

张声有个自私的缺点，人只要足够自私，便会自保。他当然不会自我反省，比如想想助纣为虐的下场。但他知道需要留下证据，在某天救自己一命。在张声头昏脑涨、迷迷瞪瞪的这些天，在我毫无怨言地帮他擦拭脏污的身体后，他告诉我，如果真的借不到钱，可以去找魏老板。张声给了我一个本子，上面记录了他往北国之星送人的具体时间和每次得到的酬劳。我本想马上报警，脑海中念头乱转时，我听见张声说："你一定要收好，这可是我的命。动一次，以后咱们也别想留在阳城。"我瞬间醒悟，这只能证明他的龌龊，证明有人主使，可偌大的北国之星，随便就可以找一个替罪羊。他们兴许会花些钱，不是为了平安，只是为了少些麻烦。

"所以，你想不想再多喝一杯咖啡？"

尹芝叫了红酒。入夜了，咖啡馆里又进了客人，调酒师在吧台里面摩拳擦掌，五颜六色的鸡尾酒把夜点缀出瑰丽的色彩。尹芝说，她只喜欢黑皮诺，这是老魏传染给她的口味。

"所以，你现在报警，我和张声一起坐牢。或者，我可以放过张声，但你要帮我，我想他手中一定有一个很完整的贵宾名单。

"你说过，他是你的儿子，你不想有人害他的命。现在你应该明白，想要他命的从来不是我。不然他今天应该至少瘫痪了。你放心，他现在没事，喝了水，吃了干净的面包，现在他应该睡了。

"我可以给你三天时间考虑。我不在乎鱼死网破，只想要一个说法。我不想我爱的人带着委屈死去。"

黑皮诺，我干杯。

三天。七十二个小时。我在尹芝心上扎下一根钉子，我说：

"你想有没有一种可能，老魏知道你是张声的妈，才给了张声这个可以赚钱的好机会？"我不知道尹芝会不会相信，但她一定会去想，想她在老魏的豪宅里享受生活的时候，张声害死了一个无辜的姑娘。她是我见过的最自私的人，但她好像还没存心连累过谁，更没让谁因为她受到伤害。她喜欢弥补，自私且善良。这足够让她坐立难安。

"一命换一命啊。人生总是要做好选择。是红，或者白，"我说，"我等。"

4

老魏对尹芝不错，就算尹芝明白老魏找她无非是想堵住外面关于他取向的悠悠之口。那又如何？就算只做朋友，尹芝也觉得老魏是她最好的后路，活了一把岁数，尹芝明白什么叫不较劲，尤其是不跟自己较劲。有那个追根究底的闲工夫，不如把时间花在自己身上。尹芝开始练瑜伽，青春是没了，气质就要更出众。虽然老魏不常带她出门，但偶尔一次半次，总要撑住。她也清楚，这种日子未必长久。有次老魏说："你放心，将来我是打算移民的，到时候这房子给你，养老的钱也给你备足。"有这句话，够了。

尹芝当然清楚老魏肯定不算严格意义上的好人，他从政又经商，短短几年风生水起，说不沾点违法乱纪的边，谁信？连书上都说，这是市场经济初期野蛮生长的时代，赚钱和守规矩天生就是对头。偷税漏税，行贿受贿，钻空子打对家，哪怕头破血流，都在能够想象和理解的范围内，并且可以用"大家都这样"来帮老魏开脱。尹芝从没想过这里头有人命。还有那些活着，隐忍着，可能从此再也过不好一生的女孩。尹芝想想，浑身发冷。又想他将张声卷进来，到底是无意还是有心？更冷。

尹芝要老魏给个解释。老魏回家晚，照例直接回主卧，和尹芝隔着足够长的走廊。尹芝一步步走过去，脚步缓慢，谁愿意直面真相？

老魏的声音从主卧浴室的玻璃门里传出来。

"太晚了，明天说。"

"不，就现在。"

"等我洗完过去找你。"

"这样挺好。就问一件事，为什么找张声？"

水声断了，安静打人个措手不及。老魏轻咳一声："伸把手的事，别往心里去。"

"死人了。"

老魏裹着浴巾走出来，快六十岁了，身子还挺拔，没肚腩，老天爷真给福利。

"谁？"

"张声送来的女孩。"

老魏笑了："哪有女孩？别想那么多，睡吧。等过几天我找人帮你们办签证，欧洲游，算给他的新婚礼物。"

看吧，你觉得天大的事，在某些人心里屁都不算。尹芝在这一瞬间甚至怀疑是自己小题大做。

老魏说："等回来，我和他聊聊，看看他是想创业还是想上班，不然就把之前给你注册的那个商贸公司给他管。"

尹芝清醒了，她看见一张大网罩下来，对老魏来说，一切才刚刚开始。而她和张声即将沦陷。最后的挣扎。

她要报警。"张声跑不掉。你也别想好。"

"跟我有什么关系？"老魏表示无辜。他拿出海马刀开酒，他最喜欢的黑皮诺，让尹芝以为也是她最喜欢的。"我从来没有让他做过任何事。以前没有，以后可以有。"

那就是，以后还会有。尹芝真的怕了。她怕连累张声，更怕一辈子受制于人。她咬牙活到现在，不是为了给谁当替死鬼的。

尹芝说："我这辈子什么都不怕，就怕被人安排了以后。以后的活法，得是我心甘情愿的。你以为你是谁？你凭什么？"

老魏许是没听懂。他特别不喜欢别人不识抬举。忙了一天，累得半死，还要跟一个半大老婆子吵没个进账的架。他经营多年，也不是为了过这样的日子的。于是就真的吵了起来。

"你到底想怎么样？"寻常百姓的吵法，越吵越窝火。

"再废话，信不信我弄死他？"老魏到底没免俗。

尹芝的心一点点凉了，人都自私，可是不能存了害别人的心。不知怎么他们就扭打在一处了，尹芝到底也没能免俗。

三天后司机因为打不通老魏的手机，无奈和老魏助理一起登门，助理有老魏家备用钥匙，他们同时看见地板上死透了的两个人，老魏心口扎着一把餐刀。

三天后的深夜，警察上门，带走了张声的同时告诉我，老魏和尹芝都死了。他们在老魏的保险箱里找到了名册和账本，时间、地点、姓名，一应俱全。他们也找到了几个受害人，她们有些拒绝承认，有些愿意做证。张声要被拘留，接受审查。好消息是，这三天，张声的身体好多了，只是还有些虚弱，我答应马上帮他去找律师。我看到张声眼里的感激，这一刻，他对我的爱应该到了最高点。可他把秀儿送到了陌生人的床上。他的爱让我恶心。他真犯不上谢我，这是我欠尹芝的。警察初步判断，尹芝在杀死老魏后自杀。我发誓，这不是我想要的结局。不完全是。

我猜出了银行卡的密码，不难猜，张声的生日。我用卡里的钱给张声请了律师，然后连夜搬走。我把钥匙交给张耀华，告诉他，以后我都不会再回来。当然，他以为我是在张声大难临头的时候逃走了，是个自私的女人，他啐一口浓痰。无所谓，我转身离开。

一周后，张耀华给尹芝举办了葬礼，没通知旁人，亲属均未到场，遗体告别仪式潦草快速，排在后面的一家又庆幸又惊讶。张耀华以法定丈夫的名义在墓碑上刻下两个字：爱妻。

两周后，北国之星关门大吉。在被牵连的众多人中，一定有那个让秀儿怀孕并对她置之不理的坏人。他会得到惩罚，虽然晚了一点，虽然他的罪名与此无关，但这并不重要。惩罚就是惩罚，这样已经很好。我爷说，哪有百分百能闹明白的事？只要心里能说得过去就已经很好。

三周后，结案。牵连的人均落网，等候最终判决。律师说张声有大概率会被判刑，虽然他表现很好，态度积极，一直在争取立功，可惜他知道的太少，功不抵过。我去了看守所，和张声协商离婚。《阳城晚报》用了一周时间把老魏的过往连载出来。一个曾经被很多人羡慕的企业家，一个曾经站在领奖台上的榜样，一个为了敛财不择手段的罪犯，一个人人谴责的肮脏灵魂。白纸黑字，板上钉钉。

一个月后，我去了棋盘山，一红和二白传说中的归属地，也是秀儿被埋葬的地方。这里风景不错，空气清新，适合养老善终。狗们和秀儿早已不见踪影，我站在这里，对着空气跟他们告别，我想离开阳城，可能再不会回来。无所谓，我爷说，只要痛快，怎么活都有理。我想，我还年轻，有大把时间翻篇重来，我一定珍惜，这真他妈的不错。